Learn German

with

Dark Fantasy Stories

German B1 Reader

Brian Smith

German Graded Readers

For more books and E-book options visit:

www.briansmith.de

Die brennende Kreatur

1. Das Erwachen

In einer dunklen und regnerischen Nacht lag Tom in seinem Bett und versuchte einzuschlafen. Doch plötzlich riss ein seltsames Geräusch ihn aus seinen Gedanken. Es klang wie ein tiefes Brüllen, das die ganze Erde erschütterte.

Er sprang aus dem Bett und blickte aus dem Fenster. Was er sah, ließ sein Herz schneller schlagen. Eine riesige brennende Kreatur, größer als jedes Gebäude, bewegte sich durch die Stadt und hinterließ eine Spur der Zerstörung. Die Flammen, die sie umgaben, setzten alles in Brand, was in ihre Nähe kam.

Menschen schrien und rannten auf den Straßen umher, verzweifelt auf der Suche nach einem sicheren Ort. Autos hupten, und überall waren die Sirenen von Polizei und Feuerwehr zu hören.

Tom griff nach seiner Jacke und versuchte, seine Wohnung zu verlassen, aber der Hauptausgang war blockiert durch Trümmer. „Was zum Teufel ist das?", murmelte er vor sich hin. Er schaltete den Fernseher ein, in der Hoffnung, mehr Informationen zu bekommen. Der Nachrichtensprecher berichtete atemlos: „Eine unbekannte Kreatur ist plötzlich im Stadtzentrum erschienen. Wir wissen nicht, woher sie kommt oder was sie will. Die Bürger werden gebeten, in Sicherheit zu bleiben."

Während Tom nach einem anderen Ausgang suchte, stolperte er über ein altes Buch, das er vor langer Zeit einmal gekauft, aber nie gelesen hatte. Er schlug es auf und fand eine Zeichnung, die der Kreatur erstaunlich ähnlich sah. Das Buch erzählte von alten Legenden und Prophezeiungen. Ein Kapitel beschrieb, wie solch eine Kreatur einst eine andere Stadt zerstört hatte und wie sie gestoppt werden konnte.

Tom fühlte ein Kribbeln im Nacken. „Das kann kein Zufall sein", dachte er. Er beschloss, dem Buch zu folgen und den Ort zu suchen, an dem die Kreatur laut Legende gestoppt werden konnte.

Er packte einige wichtige Dinge - Wasser, Essen, Taschenlampe und das Buch - und schlich aus der Wohnung. Das Treppenhaus war dunkel und voller Rauch, aber er schaffte es, sicher ins Freie zu gelangen.

Die Straßen waren chaotisch. Überall brannte es, und Menschen schrien und weinten. Während Tom durch die Stadt lief, um dem Pfad des Buches zu folgen, bemerkte er ein seltsames Glitzern auf dem Boden. Es war ein Amulett, das in Form eines Auges gestaltet war. Ohne zu wissen warum, steckte er es ein.

Plötzlich hörte er eine Stimme hinter sich: „Ist das nicht gefährlich, alleine hier draußen zu sein?" Er drehte sich um und sah eine junge Frau mit kurzem schwarzen Haar.

Tom antwortete: „Ich könnte dasselbe über dich sagen. Was machst du hier?"

Die Frau zuckte mit den Schultern. „Ich suche nach Antworten, genau wie du, nehme ich an. Mein Name ist Lara."

Tom nickte. „Ich habe dieses Buch gefunden", sagte er und zeigte es ihr. „Es könnte einen Weg geben, die Kreatur zu stoppen."

Laras Augen weiteten sich. „Dann sollten wir zusammenarbeiten", schlug sie vor.

Mit neuer Hoffnung im Herzen machten sich die beiden auf den Weg, um die Lösung zu finden und die Stadt zu retten. Und während sie liefen, wusste Tom, dass das Amulett, das er gefunden hatte, eine wichtige Rolle in ihrem Abenteuer spielen würde.

1. **atemlos** - breathless

2. **auf den Weg machen** - to set out, to start off

3. **blickte** - looked, gazed

4. **Bürger** - citizens

5. **chaotisch** - chaotic

6. **erschütterte** - shook, trembled

7. **erschienen** - appeared

8. **Fernseher** - television

9. **Flammen** - flames

10. **Gedanken** - thoughts

11. **griff nach** - reached for

12. **Hauptausgang** - main exit

13. **hinterließ** - left behind

14. **Hoffnung** - hope

15. **Kreatur** - creature

16. **Legende** - legend

17. **murmelte** - murmured

18. **Nachrichtensprecher** - news anchor

19. **Nähe** - proximity, nearness

20. **Pfad** - path

21. **Prophezeiungen** - prophecies

22. **rannten** - ran

23. **regnerischen** - rainy

24. **riess** - tore, ripped

25. **schaffte es** - managed to

26. **schaltete** - turned on

27. **Sirenen** - sirens

28. **Stadtzentrum** - city center

29. **Taschenlampe** - flashlight

30. **Teufel** - devil

31. **Trümmer** - debris, rubble

32. **verlassen** - to leave

33. **verzweifelt** - desperate

34. **weiteten sich** - widened

35. **zuckte mit den Schultern** - shrugged

36. **zum** - to, towards

2. Die verlassene Kirche

Nachdem er die zerstörten Straßen der Stadt hinter sich gelassen hatte, folgte Tom den Hinweisen aus dem Buch. Er fand sich bald vor einer alten, verlassenen Kirche wieder. Der hohe Turm der Kirche ragte in den bewölkten Himmel und die verwitterten Steine erzählten Geschichten von einer Zeit, die längst vergangen war.

Als er die knarrende Holztür öffnete, fiel sein Blick sofort auf die vielen Zeichen und Symbole, die in die Wände eingeritzt waren. Er zog das Amulett hervor und stellte fest, dass es Ähnlichkeiten mit einigen der Symbole aufwies.

Plötzlich hörte er ein leises Husten von oben. Er folgte dem Geräusch und fand einen alten Mann mit langem, grauem Bart, der auf einem Stuhl saß und ein altes Buch las.

„Entschuldigung, ich wollte Sie nicht stören", sagte Tom vorsichtig.

Der alte Mann blickte auf und musterte Tom mit wachsamen Augen. „Was führt dich hierher, junger Mann?"

„Ich suche nach einem Weg, die Kreatur zu stoppen, die die Stadt angreift", antwortete Tom und zeigte dem alten Mann das Buch.

Der Mann nickte. „Ich kenne diese Legende. Es wurde prophezeit, dass eines Tages eine solche Kreatur kommen würde. Und es wurde auch gesagt, dass es einen Schlüssel gibt, um sie zu besiegen."

Tom zeigte ihm das Amulett. „Könnte das der Schlüssel sein?"

Der alte Mann seufzte. „Ja, das ist es. Es wurde vor langer Zeit hier versteckt. Es muss zu einem alten Tempel gebracht werden, der tief im Wald verborgen ist. Nur dort kann seine wahre Kraft entfesselt werden."

Er zog eine Karte aus einer Schublade und gab sie Tom. „Das wird dir den Weg zeigen. Aber sei vorsichtig, der Wald ist voller Gefahren."

Als Tom und der alte Mann die Kirche verließen, bemerkten sie plötzlich Bewegungen in den Schatten. Schattenwesen, schwarz wie die Nacht und mit leuchtenden Augen, umzingelten sie.

Tom spürte die Energie des Amuletts und hielt es hoch. Ein helles Licht strahlte davon ab und die Schattenwesen zogen sich zurück, geblendet und verwirrt.

Der alte Mann staunte. „Das Amulett hat schon jetzt eine solche Kraft? Beeindruckend!"

Tom nickte. „Danke für Ihre Hilfe. Ich muss mich jetzt beeilen. Die Zeit ist knapp."

„Pass auf dich auf, junger Mann", sagte der Alte, während Tom sich in Richtung Wald aufmachte.

Auf dem Weg dorthin dachte Tom über alles nach, was in den letzten Stunden passiert war. Es war schwer zu glauben, dass das Schicksal der Stadt jetzt in seinen Händen lag. Aber er war entschlossen, alles zu tun, was in seiner Macht stand, um die Menschen zu retten.

Lara, die junge Frau, die er früher getroffen hatte, tauchte neben ihm auf. „Das war ziemlich beeindruckend in der Kirche", sagte sie.

Tom lächelte. „Danke. Es war das Amulett. Es hat eine besondere Kraft."

„Wir sollten uns beeilen und diesen Tempel finden", sagte Lara.

Tom stimmte zu. „Ja, wir haben keine Zeit zu verlieren."

Zusammen machten sie sich auf den Weg durch den Wald, in der Hoffnung, den Tempel zu finden und die Kreatur zu stoppen, bevor es zu spät war.

beeilen - hurry

bewölkt - cloudy

entfesselt - unleashed

entführen - abduct, kidnap

Gefahren - dangers

geblendet - blinded

Hinweise - clues, hints

knarrende - creaking

Kraft - power, strength

musterte - scrutinized, examined

Schattenwesen - shadow creatures

Schublade - drawer

seufzte - sighed

staunte - marveled, was amazed

umzingelten - surrounded, encircled

verlassen - abandoned

versteckt - hidden

verwitterten - weathered

voll - full of

vorsichtig - cautiously, carefully

wachsamen - watchful, vigilant

Weg zeigen - show the way

wieder - again

3. Der dunkle Wald

Mit jedem Schritt, den Tom tiefer in den Wald hineinmachte, verdichteten sich die Schatten um ihn herum. Die Bäume wirkten wie stumme Wächter, die mit ihren langen, verzerrten Ästen nach ihm griffen. Eine kalte Brise wehte, die das Laub rascheln ließ und Gänsehaut auf Toms Armen hervorrief.

Er hörte leises Flüstern, das aus dem Inneren des Waldes zu kommen schien. Zwischen den dichten Bäumen schimmerten geisterhafte Gestalten, die sich bewegten und wieder verschwanden, sobald er versuchte, genauer hinzusehen.

„Was ist das nur?", murmelte er vor sich hin, die Hand fest um das Amulett gelegt.

„Tom, siehst du das auch?", fragte Lara, die neben ihm ging und sichtlich beunruhigt war.

„Ja, wir sollten vorsichtig sein", antwortete Tom.

Trotz der Beklemmung in der Luft und der Angst, die sie beide spürten, setzten sie ihren Weg fort. Tom hielt die Karte fest in seiner Hand und suchte nach dem verborgenen Pfad, den der alte Mann beschrieben hatte.

Als sie tiefer in den Wald vordrangen, brach plötzlich ein riesiger Wolf aus den Büschen hervor und stellte sich ihnen in den Weg. Seine Augen glühten in einem unnatürlichen Rot und seine Zähne waren scharf wie Messer.

„Oh nein!", schrie Lara.

Doch bevor Tom überhaupt reagieren konnte, zog er instinktiv das Amulett hervor. Es leuchtete hell und der Wolf zögerte einen Moment. Mit ruhiger Stimme sprach Tom: „Ruhig, Freund. Wir wollen dir nichts tun." Der Wolf knurrte leise, doch er wich zurück, als ob das Licht des Amuletts ihm Unbehagen bereitete.

„Das war knapp", flüsterte Lara, sichtlich erleichtert.

Tom nickte. „Das Amulett hat uns gerettet."

Sie setzten ihren Weg fort und erreichten schließlich eine Lichtung. In deren Mitte stand ein alter, verfallener Brunnen. Die

Steine waren mit Moos überwuchert, und es herrschte eine seltsame Stille.

Tom trat näher heran und blickte in den Brunnen. Das Wasser war klar und tief, und als er hineinsah, begannen Visionen vor seinen Augen abzulaufen. Er sah die riesige Kreatur, wie sie aus einem Portal, einem Dimensionstor, hervortrat und Chaos und Verwüstung in der Welt anrichtete.

„Was siehst du?", fragte Lara neugierig.

„Die Kreatur... Sie kommt aus einer anderen Dimension. Dieses Tor muss irgendwo hier im Wald sein", antwortete Tom, noch immer fasziniert von den Bildern im Wasser.

Er nahm eine leere Flasche aus seinem Rucksack und füllte sie mit dem magischen Wasser aus dem Brunnen. Vielleicht würde es ihnen später von Nutzen sein.

„Wir müssen diesen Tempel finden, und schnell", sagte Lara, die immer nervöser wurde.

Tom stimmte zu. „Ja, die Karte zeigt, dass er nicht weit von hier sein sollte."

Mit neuer Entschlossenheit machten sie sich wieder auf den Weg, wobei das Wasser in der Flasche seltsam glühte und sie in die richtige Richtung wies.

Der Wald wurde dichter, und das Gefühl, beobachtet zu werden, ließ nicht nach. Doch mit jeder Minute, die verging, wuchs ihre Entschlossenheit, das Böse, das ihre Stadt bedrohte, ein für alle Mal zu besiegen.

Während sie weitergingen, hörten sie seltsame Geräusche, die sie nicht zuordnen konnten. Das Flüstern wurde lauter, und geisterhafte Gestalten huschten immer wieder zwischen den Bäumen umher.

„Wir müssen vorsichtig sein", warnte Tom. „Ich habe das Gefühl, dass die wahre Gefahr noch vor uns liegt."

Lara nickte zustimmend. „Aber gemeinsam werden wir es schaffen. Wir müssen einfach an unser Ziel denken und alles tun, um die Kreatur zu stoppen."

Mit neuem Mut und Entschlossenheit setzten sie ihren Weg fort, immer tiefer in den mysteriösen und dunklen Wald hinein.

besiegen - defeat

Beklemmung - unease, oppression

Brunnen - well

Dimensionstor - portal to another dimension

Gänsehaut - goosebumps

geisterhafte - ghostly

Geräusche - noises, sounds

glühte - glowed

hervorrief - evoked, caused

hineinmachte - went into

knurrte - growled

Lichtung - clearing, glade

Moos - moss

neugierig - curious

Portal - portal

Rucksack - backpack

schimmerten - shimmered

Stille - silence

verfallener - decrepit, dilapidated

verwüstung - devastation

Visionen - visions

wehte - blew, wafted

Wächter - guardians

zögerte - hesitated

zustimmend - approvingly

4. Der Tempel der Zeit

Durch die dichten Bäume hindurch sah Tom endlich den Tempel. Ein imposantes Bauwerk, das trotz des offensichtlichen Alters majestätisch und unberührt erschien. Die Wände des Tempels schienen zu glühen, umgeben von einer geheimnisvollen Energie.

„Das muss es sein", sagte Tom atemlos.

Lara, die neben ihm stand, nickte zustimmend. „Es fühlt sich an, als ob dieser Ort lebendig wäre."

Tom näherte sich vorsichtig dem Eingang des Tempels. Er spürte, wie das Amulett in seiner Tasche vibrierte. Er zog es hervor und hielt es vor die riesigen Türen des Tempels. Ein leises Summen war zu hören, und die Türen öffneten sich langsam.

Das Innere des Tempels war beeindruckend. Eine riesige Halle erstreckte sich vor ihnen, und in der Mitte stand eine gewaltige Uhr, die größer war als alles, was Tom je gesehen hatte. Seltsamerweise schienen die Zeiger der Uhr stillzustehen.

„Die Zeit... sie fühlt sich anders an", murmelte Lara, während sie die Halle betraten.

Tom konnte es nur fühlen. Es war, als ob die Zeit in diesem Raum verlangsamt wurde. Er trat vor die Uhr und hielt das Amulett hoch. Plötzlich passte sich das Muster der Uhr dem Amulett an, und ein kleiner Sockel tauchte in der Mitte auf.

Ohne zu zögern platzierte Tom das Amulett darauf. Ein tiefes Dröhnen erfüllte den Raum, und die Zeiger der Uhr begannen sich rückwärts zu drehen. Tom spürte, wie alles um ihn herum verschwamm.

Als er wieder zu sich kam, befand er sich nicht mehr im Tempel. Er stand inmitten eines leeren Raumes, in dessen Mitte sich ein riesiges Dimensionstor befand. Und aus diesem Tor trat die furchterregende Kreatur hervor, die ihre Stadt angegriffen hatte.

Tom erkannte sofort, dass er in die Vergangenheit versetzt worden war, zum Moment, als die Kreatur unsere Welt betrat. Er zog schnell die Flasche mit dem magischen Wasser hervor und warf sie auf das Tor. Ein grelles Licht erfüllte den Raum, und die Kreatur wurde durch das Wasser zurück in das Dimensionstor gedrängt.

Tom hörte erneut das tiefe Dröhnen der Uhr und fand sich plötzlich wieder im Tempel der Zeit. Er atmete schwer und blickte sich um. Lara kam auf ihn zu und sah ihn mit weit aufgerissenen Augen an. „Hast du es geschafft?", fragte sie hoffnungsvoll.

Die Uhr tickte wieder normal. Tom nickte. „Ja, die Kreatur ist weg. Aber ich glaube, wir sollten hier raus."

Kaum hatte er das gesagt, begann der Tempel zu beben. Steine fielen von der Decke, und Risse bildeten sich an den Wänden. „Schnell, wir müssen hier raus!", schrie Lara.

Sie rannten so schnell sie konnten, während der Tempel um sie herum einstürzte. Gerade als sie den Eingang erreichten, brach das gesamte Bauwerk hinter ihnen zusammen.

Atemlos standen sie vor den Trümmern des Tempels. Tom blickte zu Lara. „Das war knapp."

Lara lächelte erschöpft. „Aber wir haben es geschafft. Die Stadt ist sicher."

Tom nickte. „Ja, zumindest vorerst. Aber wer weiß, welche anderen Geheimnisse dieser Wald noch birgt."

Beide wussten, dass ihre Reise vielleicht noch nicht vorbei war. Aber für den Moment hatten sie einen Sieg errungen und konnten ihre Stadt vor dem Untergang bewahren.

bauwerk - structure, edifice

Dimensionstor - portal to another dimension

dröhnen - to rumble, boom

erschöpft - exhausted

grelles - bright, glaring

Halle - hall

imposantes - imposing, impressive

lebendig - alive, lively

muster - pattern

Sockel - pedestal

summen - to hum

Trümmer - rubble, debris

Uhr - clock

vibrieren - to vibrate

Zeiger - hand (of a clock)

5. Die Rückkehr

Während Staub und kleine Steinbrocken noch durch die Luft wirbelten, rannte Tom so schnell er konnte aus dem einsturzgefährdeten Tempel. Der Wald schien ihm den Weg zu versperren, doch schon bald sah er den Rand der Bäume und trat ins Freie.

Vor ihm lag die Stadt, die zuvor von Flammen und Chaos geprägt war. Jetzt jedoch stand sie ruhig da, fast als wäre nichts geschehen. Menschen kamen zaghaft aus ihren Verstecken, blickten sich um und begannen allmählich, die Straßen wiederzubeleben.

„Tom! Tom!", riefen einige, als sie ihn erkannten. Eine kleine Menschengruppe eilte auf ihn zu und umringte ihn freudig.

„Du hast es geschafft! Du hast die Stadt gerettet!", sagte ein Mann und klatschte Tom auf die Schulter.

Lara trat neben ihn und lächelte. „Ich habe dir gesagt, du wärst ein Held."

Tom errötete leicht. „Ich habe nur getan, was getan werden musste."

In diesem Moment trat der alte Mann aus der Kirche aus der Menge hervor. Er sah Tom ernst an. „Junger Mann, es ist Zeit, dass du die Wahrheit erfährst."

Tom runzelte die Stirn. „Was meinst du?"

Der alte Mann seufzte. „Ich bin kein einfacher alter Mann. Ich bin ein Wächter der Zeit. Seit Jahrhunderten bewache ich das Gleichgewicht zwischen den Welten. Als ich die Gefahr spürte, wusste ich, dass ich jemanden brauchte, um zu helfen. Und ich habe dich auserwählt."

Tom war sprachlos. „Aber warum ich?"

Der alte Mann lächelte. „Weil du das Herz eines Helden hast. Du bist mutig, selbstlos und entschlossen. Das sind Qualitäten, die nicht jeder besitzt."

Tom war überwältigt. „Ich... ich weiß nicht, was ich sagen soll."

Der Wächter der Zeit griff in seine Tasche und zog ein glänzendes neues Amulett heraus. „Als Dankeschön für deinen Mut und deine Tapferkeit möchte ich dir dies geben. Es wird dich immer beschützen."

Tom nahm das Amulett entgegen und betrachtete es. Es glänzte im Sonnenlicht und schien eine eigene Energie zu besitzen. „Danke", sagte er leise.

In den folgenden Tagen kehrte Tom zu seiner Wohnung zurück. Er legte das Buch und das Amulett sorgfältig in eine Schublade und schloss sie ab. Er wusste, dass er jederzeit gerufen werden könnte, um erneut die Welt zu retten. Aber für den Moment war er zufrieden, wieder zu Hause zu sein.

Die Stadt erholte sich schnell von dem Angriff. Gebäude wurden repariert, Straßen gereinigt und das Leben ging weiter.

Aber die Menschen würden nie vergessen, was geschehen war, und sie würden Tom immer als den Helden sehen, der sie gerettet hatte.

Die Nächte in der Stadt waren ruhig, und die Menschen schliefen friedlich. Aber Tom war oft wach. Er lag in seinem Bett, blickte zum Himmel und dachte an alles, was geschehen war.

Eines Abends klopfte Lara an seine Tür. „Wie geht es dir?", fragte sie.

Tom lächelte. „Gut, denke ich. Es ist nur... alles fühlt sich so unwirklich an."

Lara nickte. „Ich verstehe. Aber denk daran, dass du nicht allein bist. Wenn das nächste Abenteuer ruft, bin ich an deiner Seite."

Tom grinste. „Das ist gut zu wissen."

Die beiden saßen noch lange zusammen, redeten und lachten. Und obwohl die Gefahr vorerst gebannt war, wussten beide, dass es immer ein neues Abenteuer geben würde, das auf sie wartete.

auserwählt - chosen

beschützen - to protect

eilte - hurried

entgegen - towards, in return

einsturzgefährdeten - at risk of collapsing

freudig - joyfully

Gleichgewicht - balance, equilibrium

glänzendes - shiny, gleaming

klatschte - slapped, clapped

Menschengruppe - group of people

ruhig - calm, quiet

runzelte die Stirn - furrowed his brow

selbstlos - selfless

sprachlos - speechless

Staub - dust

Steinbrocken - chunks of stone

tapferkeit - bravery, valor

überwältigt - overwhelmed

umringte - surrounded, encircled

unberührt - untouched

unwirklich - unreal, surreal

Wächter - guardian, watchman

wirbelten - whirled, swirled

Die vier Dämonen

1. Die dunkle Prophezeiung

In einem alten Dorf, tief in den nebligen Wäldern versteckt, lebte eine geheimnisvolle Hexe namens Striga in einer verfallenen Hütte am Rande des Dorfes. Die Dorfbewohner mieden Striga und ihre dunklen Kräfte, aber in Zeiten der Not und Verzweiflung suchten sie heimlich ihre Hilfe.

Eines Tages, als der Markt des Dorfes in vollem Gange war, erschien ein Fremder mit wallendem grauen Haar und einem langen Gewand. Seine Augen waren tief und alt, als hätten sie Jahrhunderte gesehen. Er stellte sich den Dorfbewohnern als Kael, ein Druide aus dem Norden, vor.

„Ich suche die Hexe Striga," verkündete Kael, als er den zentralen Platz des Dorfes betrat.

Die Dorfbewohner tauschten besorgte Blicke aus, aber keiner antwortete. Schließlich führte ein alter Mann, der Dorfälteste, Kael zu Strigas Hütte.

Als Kael vor ihrer Tür stand und anklopfte, öffnete Striga vorsichtig. „Was willst du?" fragte sie misstrauisch.

Kael sah ihr tief in die Augen. „Ich bringe Nachricht von einer finsteren Prophezeiung. Vier Dämonen werden bald erwachen und unsere Welt ins Chaos stürzen."

Striga, obwohl sie stets auf der Hut war, fühlte eine unerklärliche Verbindung zu Kael. Sie ließ ihn eintreten und sie sprachen stundenlang. Während ihres Gesprächs erzählte Kael ihr von seinem Traum, in dem die vier Dämonen die Welt verheerten. Zu seiner Überraschung gestand Striga, dass sie denselben Traum gehabt hatte.

„Wir müssen handeln, Striga," sagte Kael ernst. „Wir müssen diese Dämonen aufhalten."

Striga nickte. „Ich habe in alten Schriften gelesen, dass es ein Ritual gibt, um solche Wesen zu bannen. Aber dafür benötigen wir vier seltene magische Zutaten aus den Tiefen dieses Waldes."

Die Nachricht von der düsteren Prophezeiung verbreitete sich schnell im Dorf, und bald brach Panik aus. Familien packten ihre Sachen, Kinder weinten, und überall herrschte Chaos.

In dieser Nacht, während das Dorf in Angst und Schrecken lag, trafen sich Striga und Kael im Schutz der Dunkelheit. Sie wussten, dass sie keine Zeit zu verlieren hatten.

„Wir müssen uns beeilen, Kael," flüsterte Striga. „Der Wald wird gefährlich sein, besonders in der Nacht."

Kael nickte. „Lass uns gehen. Je schneller wir die Zutaten finden, desto besser."

Mit festem Schritt und Entschlossenheit im Herzen begannen Striga und Kael ihre gefährliche Reise in den Wald, in der Hoffnung, die Dämonen aufhalten und ihre Welt retten zu können.

anklopfte - knocked

bannen - to banish

Druide - druid

düsteren - dark, gloomy

erwachen - to awaken

flüsterte - whispered

Gewand - robe, garment

Hütte - hut, cabin

Jahrhunderte - centuries

misstrauisch - suspicious

nebligen - foggy

Prophezeiung - prophecy

Ritual - ritual

Schrecken - terror, fright

verfallenen - dilapidated, decayed

verheerten - devastated

verkündete - announced

wallendem - flowing

2. Die Suche im Wald

Der Wald war ein Ort alter Magie, ein Labyrinth aus Bäumen, deren Äste sich wie Finger in den Himmel streckten. Der Nebel schlängelte sich um die Stämme und verlieh dem Wald eine geisterhafte Atmosphäre.

Mit jedem Schritt, den Striga und Kael tiefer in den Wald machten, spürten sie die Blicke der Waldgeister auf sich. Ein Rascheln hier, ein Flüstern dort. Die Atmosphäre war dicht vor Anspannung.

Plötzlich hörten sie eine schwache Stimme. „Wer seid ihr und was sucht ihr hier?" Aus dem Nebel trat ein alter Mann hervor, mit langem weißen Haar und einem Bart, der fast bis zu seinen Füßen reichte. Seine Augen waren trüb, als hätte er in all den Jahren nur Dunkelheit gesehen.

Striga trat mutig vor. „Wir sind auf der Suche nach Zutaten für ein Ritual, um die vier Dämonen zu bannen."

Der alte Mann betrachtete sie nachdenklich. „Viele sind in diesen Wald gekommen, aber nur wenige haben ihn wieder verlassen. Der Wald ist alt und voller Geheimnisse."

Kael fragte vorsichtig: „Wer sind Sie?"

„Ich war einst ein Bewohner des Dorfes," antwortete der Mann. „Aber das ist lange her. Ich bin hier verschwunden und wurde ein Teil des Waldes."

Striga war überrascht. „Wir haben von Ihnen gehört! Sie sind der Mann, der vor vielen Jahren im Wald verschwand."

Der alte Mann nickte. „Ja, das bin ich. Und ich warne euch, seid vorsichtig. Es gibt Gefahren hier, die ihr euch nicht vorstellen könnt."

Striga und Kael dankten ihm und setzten ihren Weg fort. Nach Stunden des Suchens stießen sie auf eine verborgene Höhle. Ein kühler Wind wehte aus ihrem Inneren und sie spürten eine starke magische Energie.

Vorsichtig betraten sie die Höhle und fanden in ihrer Mitte ein altes Runen-Ritual, eingeritzt in den Steinboden.

„Das ist es!" flüsterte Striga. „Das ist das Ritual, von dem ich gelesen habe."

Kael beugte sich vor, um es genauer zu betrachten. „Wir brauchen diese Kräuter und Steine. Sie sind wichtig für das Ritual."

Die beiden machten sich daran, die benötigten Zutaten zu sammeln. Doch der Wald war nicht bereit, sie einfach gehen zu lassen. Geisterhafte Kreaturen, halb durchsichtig und mit leuchtenden Augen, stellten sich ihnen in den Weg.

„Warum seid ihr hier?" zischte eine der Kreaturen.

Striga antwortete mutig: „Wir sind hier, um die Dämonen zu stoppen, die unsere Welt bedrohen."

Die Kreaturen tauschten Blicke aus und diskutierten flüsternd miteinander. Schließlich nickten sie. „Wenn das eure Absicht ist, werden wir euch nicht aufhalten. Aber seid gewarnt, der Wald hat seine eigenen Pläne."

Mit Hilfe von Strigas Hexenkraft und Kaels druidischer Magie gelang es ihnen, die Kreaturen zu besänftigen und die letzten Zutaten zu sammeln.

Erschöpft, aber entschlossen, kehrten sie zur Höhle zurück. „Wir müssen uns ausruhen," sagte Striga. „Das Ritual wird all unsere Energie benötigen."

Kael stimmte zu. „Morgen Nacht ist die richtige Zeit. Der Mond wird voll sein und uns mit seiner Kraft unterstützen."

So bereiteten sie sich vor und warteten auf die Nacht, in der das Schicksal ihrer Welt entschieden werden sollte.

Anspannung - tension

Bart - beard

besänftigen - to appease, soothe

Bewohner - inhabitant, resident

dicht - thick, dense

druidischer - druidic

Höhle - cave

Kraft - power, strength

Labyrinth - labyrinth, maze

Runen-Ritual - rune ritual

Schicksal - fate, destiny

Stämme - trunks (of trees)

verschwand - disappeared

voller Geheimnisse - full of secrets

zischte - hissed

3. Das Runen-Ritual

Der Himmel war mit funkelnden Sternen übersät, als Striga und Kael in der Mitte der Höhle standen. Die Stille war fast greifbar, unterbrochen nur durch das leise Knistern des Feuers, das sie entzündet hatten.

Striga nahm einen tiefen Atemzug und begann, mit Kreide Runen auf den Boden zu zeichnen. Kael folgte ihrem Beispiel, und bald formte sich ein großer Kreis aus leuchtenden Symbolen.

„Erinnerst du dich an die Worte des Rituals?" fragte Striga leise.

Kael nickte. „Ja, ich bin bereit."

Mit den gesammelten Zutaten schufen sie einen kleinen Haufen in der Mitte des Kreises und zündeten ihn an. Das Feuer knisterte und funkelte, als ob es die Macht und Energie der Elemente in sich trug.

Während Striga die ersten Worte des Rituals murmelte, spürte Kael die Energie in der Höhle wachsen. Die Luft wurde dicker, die Runen begannen zu leuchten, und ein Wirbelwind aus Licht und Schatten bildete sich über dem Feuer.

Doch plötzlich, mit einem lauten Knall, brachen die vier Dämonen in die Höhle ein. Ihre Augen glühten vor Wut und ihre Klauen waren bereit, jeden in ihrer Reichweite zu zerreißen.

„Wir müssen das Ritual fortsetzen!" rief Kael, während er versuchte, einen Schutzzauber zu wirken.

Striga konzentrierte sich weiter auf die Worte des Rituals, während Kael seine Druidenkräfte benutzte, um die Dämonen zurückzuhalten. Mit seinen Händen formte er magische Barrieren, die die Dämonen vorübergehend abwehrten.

Die Dämonen kreischten vor Wut und versuchten immer wieder, den magischen Schild zu durchbrechen, aber Kael hielt stand.

Striga, mit Schweiß auf ihrer Stirn und zitternder Stimme, sprach die letzten Worte des Rituals. Ein helles, fast blendendes Licht erfüllte den Raum und hüllte die Dämonen ein.

Als das Licht verblasste, waren die Dämonen verschwunden. An ihrer Stelle lag ein dunkler, glänzender Stein, der ihre Essenz einzuschließen schien.

Erschöpft sanken Striga und Kael auf den Boden der Höhle. Sie hatten es geschafft. Die Dämonen waren gebannt.

„Wir haben es geschafft, Kael," flüsterte Striga mit Tränen der Erleichterung in den Augen.

Kael lächelte müde. „Ja, aber wir hätten es nicht ohne die Hilfe der Waldgeister geschafft."

In diesem Moment erschienen die geisterhaften Kreaturen, die sie zuvor getroffen hatten, und neigten respektvoll den Kopf.

„Wir danken euch, tapfere Seelen,“ sagte einer der Geister. „Ihr habt unsere Wälder und unsere Welt gerettet.“

Striga und Kael nickten dankbar. Mit dem magischen Stein in ihrem Besitz verließen sie die Höhle und machten sich auf den Weg zurück ins Dorf, bereit, die gute Nachricht von ihrem Sieg zu verkünden.

abwehrten - repelled, warded off

Barrieren - barriers

Dämonen - demons

dicker - thicker

ein hüllen - to envelop

Erleichterung - relief

Essenz - essence

funkelnden - sparkling

greifbar - tangible

Klauen - claws

Knistern - crackling

Kreide - chalk

Schutzzauber - protective spell

Stirn - forehead

übersät - studded, strewn with

verblasste - faded

Wirbelwind - whirlwind

zerreißen - to tear apart

zitternder - trembling

4. Das Erwachen des Dorfes

Als Striga und Kael das Dorf betraten, wurden sie mit Jubelrufen und Applaus empfangen. Kinder rannten herum und tanzten, während die Erwachsenen Lieder sangen und Musik spielten. Die beiden wurden als Helden gefeiert, die das Dorf vor der drohenden Gefahr gerettet hatten.

In der Mitte des Dorfplatzes wurde ein prächtiger Altar errichtet, und darauf wurde der Stein, der die Dämonen einschloss, sorgfältig platziert. Jeder im Dorf kam, um einen Blick auf den Stein zu werfen, der ihr Schicksal verändert hatte.

Nach einigen Tagen des Feierns kehrte das Leben im Dorf allmählich zur Normalität zurück. Die Felder wurden bestellt, die Kinder spielten, und der Alltag setzte sich fort. Doch Striga und Kael wussten, dass sie immer wachsam sein mussten. Sie verbrachten ihre Tage damit, magische Barrieren um das Dorf zu errichten und ihr Wissen über Magie und Alchemie auszutauschen.

Eines Nachts, als der Himmel dunkel war und die Sterne funkelten, spürte Striga eine unheilvolle Präsenz. Sie eilte zum Altar und sah, wie der Stein ein schwaches, pulsierendes Licht ausstrahlte.

„Kael!" rief sie. „Etwas stimmt nicht!"

Kael trat an ihre Seite und betrachtete den Stein. „Die Dämonen... sie versuchen, sich zu befreien."

Das Dorf wurde schnell informiert, und in kürzester Zeit versammelten sich alle Bewohner auf dem Dorfplatz, bereit, ihr Zuhause erneut zu verteidigen.

„Wir müssen einen Plan schmieden," sagte Kael entschlossen.

Striga nickte. „Wir können nicht zulassen, dass sie entkommen. Dieses Mal müssen wir sie endgültig verbannen."

Während die Dorfbewohner Barrikaden errichteten und sich auf den bevorstehenden Kampf vorbereiteten, zogen sich Striga und Kael zurück, um einen Plan auszuarbeiten.

„Wir könnten ein mächtiges Ritual durchführen," schlug Striga vor. „Ein Ritual, das sie zurück in ihre Dimension sendet."

Kael dachte nach. „Ja, aber dafür benötigen wir die Energie des gesamten Dorfes."

Die beiden gingen zum Dorfplatz und riefen die Bewohner zusammen.

„Wir haben einen Plan," begann Striga. „Aber wir brauchen die Hilfe von jedem Einzelnen von euch."

Die Dorfbewohner nickten zustimmend.

Die Nacht war dunkel und still, als der Stein plötzlich aufbrach und die vier Dämonen mit einem ohrenbetäubenden Schrei freisetzte. Der Kampf begann.

Striga und Kael leiteten das Ritual, während die Dorfbewohner die Dämonen mit allem, was sie hatten, bekämpften. Pfeile flogen, Magie wurde entfesselt, und das Geschrei von Männern, Frauen und Dämonen erfüllte die Luft.

Doch trotz ihrer Überzahl waren die Dämonen mächtig und schienen unaufhaltsam zu sein. Doch dann, als die Hoffnung fast verloren schien, begann der Boden zu beben und ein helles Licht umhüllte die Dämonen.

Mit einem letzten, verzweifelten Schrei wurden sie in einen Strudel aus Licht und Energie gezogen und verschwanden.

Erschöpft, aber siegreich, fielen die Dorfbewohner auf die Knie und dankten den Göttern für ihre Rettung.

Striga und Kael standen in der Mitte des Platzes, Hand in Hand, und blickten in den Himmel. „Es ist vorbei," flüsterte Striga.

Kael lächelte. „Ja, dank dir und den mutigen Menschen dieses Dorfes."

Das Dorf feierte die ganze Nacht, und als der Morgen anbrach, war das Leben wieder normal. Doch tief im Herzen wussten alle, dass sie immer bereit sein mussten, ihr Zuhause und ihre Lieben zu verteidigen.

allmählich - gradually

Applaus - applause

Barrikaden - barricades

bevorstehenden - impending

Dimension - dimension

drohenden - impending, looming

entfesselt - unleashed

entschlossen - determined, resolved

errichteten - erected

Felder - fields

Jubelrufen - cheers

Kampf - battle

pulsierendes - pulsating

Ritual - ritual

schmieden - forge, devise

Strudel - vortex, whirlpool

unaufhaltsam - unstoppable

unheilvolle - ominous

verzweifelten - desperate

Zuhause - home

5. Ein neues Zeitalter

Das kleine Dorf war von einem auf den anderen Tag zur Legende geworden. Die Geschichte von Striga und Kael, den mutigen Helden, die die Dämonen besiegt hatten, wurde überall erzählt. Tage des Festes und der Freude folgten, und die beiden waren das Zentrum der Feierlichkeiten.

Eines Morgens, als die Sonne gerade über den Horizont kletterte, saßen Striga und Kael auf einem Hügel, der das Dorf überragte. Sie blickten auf die Häuser und Menschen darunter und schwiegen lange.

„Wir haben viel erreicht, nicht wahr?" begann Kael schließlich.

Striga lächelte. „Ja, aber ich spüre, dass unsere Reise noch nicht vorbei ist. Es gibt noch so viel zu entdecken und zu lernen."

Kael nickte zustimmend. „Ich fühle dasselbe. Das Dorf wird sicher sein, und es gibt andere Orte, an denen wir gebraucht werden."

So beschlossen sie, das Dorf zu verlassen und die Welt zu erkunden. Wo immer Not und Elend herrschten, traten Striga und Kael ein und halfen mit ihrer Magie und ihrem Wissen. Ob es darum ging, Krankheiten zu heilen, verlorene Seelen zu retten oder einfach nur den Menschen Hoffnung zu geben, sie waren stets zur Stelle.

Während ihrer Reisen trafen sie viele verschiedene Völker und Kulturen. Sie lernten ihre Gebräuche kennen, tauschten Geschichten aus und lehrten Magie. Die Geschichten ihrer Taten verbreiteten sich schnell, und bald wurden sie überall als Helden verehrt.

Das einst kleine Dorf wuchs und wuchs. Mit der Zeit wurde es zu einer großen Stadt, die für ihr Wissen und ihre Magie bekannt war. Die Stadt zog viele an, die lernen und das Geheimnis der Magie entdecken wollten.

„Sieh nur, was aus unserem kleinen Dorf geworden ist," sagte Striga eines Tages, als sie nach langer Zeit wieder zurückkehrten.

Kael lächelte. „Es ist unglaublich. Und zu denken, dass alles mit uns begann."

Während sie durch die Straßen der Stadt gingen, wurden sie von allen erkannt und begrüßt. Die Menschen dankten ihnen für alles, was sie getan hatten, und viele junge Zauberer und Hexen baten sie um Rat und Anleitung.

Aber das Leben war nicht immer einfach. Obwohl sie die Dämonen besiegt hatten, gab es viele andere Gefahren in der Welt. Dunkle Zauberer, mächtige Kreaturen und andere Bedrohungen warteten an jeder Ecke.

Doch mit jedem Abenteuer, das sie erlebten, wurden Striga und Kael stärker. Ihre Bindung zueinander wuchs, und sie lernten, sich aufeinander zu verlassen. Sie wurden zu einem Symbol der Hoffnung in einer Welt, die voller Magie und Geheimnisse war.

Die Jahre vergingen, und die Welt änderte sich. Doch eines blieb immer gleich: die Liebe und das Vertrauen zwischen Striga und Kael.

Eines Tages, als sie auf einem Hügel saßen und den Sonnenuntergang beobachteten, sagte Kael: „Wir haben so viel gesehen und erlebt. Aber ich glaube, das größte Abenteuer steht uns noch bevor."

Striga lächelte und nahm seine Hand. „Solange wir zusammen sind, gibt es nichts, was wir nicht bewältigen können."

Und so begann ein neues Zeitalter, in dem Menschen und magische Wesen in Frieden und Harmonie zusammenlebten. Ein Zeitalter, das von zwei Helden eingeläutet wurde, deren Namen für immer in den Annalen der Geschichte verewigt wurden: Striga und Kael.

Annalen - annals, records

Bedrohungen - threats

beobachteten - observed, watched

besiegt - defeated

einläutet - ushered in, inaugurated

Elend - misery

Feierlichkeiten - festivities, celebrations

Gebräuche - customs, traditions

Gefahren - dangers

Harmonie - harmony

Horizont - horizon

Not - distress, need

Rat - advice

verehrt - revered, worshipped

verewigt - immortalized

Zauberer - magician, wizard

Drachen und Dämonen

1. Das Erbe der Drachen

In den alten Zeiten, als die Welt noch jung war und Mythen und Legenden lebendig waren, lebten Drachen und Menschen in ständiger Furcht voreinander. Die majestätischen, feuerspeienden Kreaturen stiegen aus den Bergen herab und terrorisierten die Dörfer, während mutige Ritter versuchten, sie zu besiegen und ihre Gemeinden zu schützen.

In einem solchen Dorf, eingebettet in die schroffen Bergketten, war die Angst besonders spürbar. Die Dorfbewohner hatten zahlreiche Angriffe erlebt und viele ihrer Angehörigen verloren. Das Leben war ein ständiger Kampf ums Überleben, geprägt von Angst und Misstrauen.

Eines Tages jedoch veränderte sich das Schicksal des Dorfes. Ein Fremder betrat das Dorf. Er war ein großer Mann mit wildem Bart und durchdringenden Augen, der sich als Erik vorstellte. Er behauptete, das Geheimnis der Drachen zu kennen und bot seine Hilfe an, die Drachen ein für alle Mal zu besiegen.

„Drachen sind nicht einfach wilde Bestien", erklärte Erik den Dorfbewohnern. „Sie haben ihre eigenen Motive und Absichten. In einem versteckten Tal, weit weg von hier, gibt es Drachen, die friedlicher sind und mit denen man kommunizieren kann."

Das Dorf war skeptisch, aber so verzweifelt, dass es bereit war, jede Hilfe anzunehmen. Erik stellte eine Gruppe mutiger Männer und Frauen zusammen, um das geheime Tal zu finden. Ihre Reise war lang und gefährlich, geprägt von steilen Klippen, dichten Wäldern und unbekannten Gefahren.

Eines Tages, als sie durch einen düsteren Wald zogen, wurden sie von seltsamen Kreaturen angegriffen, die scheinbar den Drachen dienten. Mit Geschick und Mut kämpften sie sich durch, immer geleitet von Eriks Weisheit.

Nach Wochen des Reisens, als die Hoffnung schon zu schwinden drohte, erreichten sie schließlich das Herz des Tals. Und was sie dort fanden, war atemberaubend: Ein riesiger Drache, dessen Schuppen im Sonnenlicht glitzerten, schlief friedlich auf einem Berg aus purem Gold.

Erik trat vor und flüsterte: „Das ist der Älteste der Drachen. Wenn wir mit ihm sprechen können, haben wir vielleicht eine Chance, Frieden mit allen Drachen zu schließen."

Die Gruppe war fasziniert von dem Anblick, aber sie wussten auch, dass sie vorsichtig sein mussten. Ein falscher Schritt könnte ihr Ende bedeuten. Mit Eriks Führung begannen sie, einen Plan zu schmieden, um mit dem mächtigen Drachen zu kommunizieren und vielleicht, nur vielleicht, einen Weg zu finden, um ein Zeitalter des Friedens zwischen Drachen und Menschen einzuläuten.

Angegriffen - attacked

Angriffe - attacks

Atemberaubend - breathtaking

Bergketten - mountain ranges

Bestien - beasts

Dichte - dense

Durchdringenden - piercing

Einzuläuten - to usher in

Führung - guidance

Gemeinden - communities

Geprägt - characterized

Klippen - cliffs

Motive - motives

Schmieden - to forge, to devise

Schuppen - scales

Skeptisch - skeptical

Verzweifelt - desperate

Wildem - wild

2. Der Schlafende König

Die Legenden hatten von ihm erzählt, dem ältesten und mächtigsten aller Drachen, bekannt als der „Schlafende König". Sein Atem war so kalt wie der Winterwind, und sein Herz schlug nur einmal in hundert Jahren. Doch Erik wusste, dass Gewalt gegen diesen majestätischen Riesen nicht der Weg war. Sie mussten ihn aufwecken und um seine Hilfe bitten.

„Seid vorsichtig", warnte Erik die Gruppe, als sie sich dem Drachen näherten. „Ein falscher Schritt und sein Zorn könnte uns alle vernichten."

Als sie näher kamen, begann Erik leise ein altes Lied zu singen, das er von einem weisen Alten gelernt hatte. Die Melodie hallte durch das Tal, und langsam öffnete der Schlafende König seine gewaltigen Augen.

Zuerst war er wütend. „Wer wagt es, mich zu wecken?", donnerte seine Stimme durch das Tal.

Erik trat mutig vor. „Es ist meine Schuld, mächtiger Drache. Mein Name ist Erik, und ich komme im Namen meines Volkes. Wir suchen Frieden zwischen Menschen und Drachen."

Der Drache musterte Erik mit seinen scharfen Augen. „Warum sollte ich dir glauben? Menschen haben versucht, meine Art auszulöschen."

Erik nickte. „Das ist wahr. Aber nicht alle Menschen sind gleich. Wir wollen nur in Frieden leben. Gibt es einen Weg, wie wir die Kämpfe beenden können?"

Nach einem langen Schweigen sprach der Schlafende König: „Es gibt einen alten Feind, dunkler als die Nacht, der die jüngeren Drachen kontrolliert und sie gegen die Menschen hetzt. Ein Dämon, der in einem versteckten Tempel lebt."

Die Gruppe tauschte besorgte Blicke aus. Ein Dämon war kein leichter Gegner. Aber wenn sie das Dorf retten wollten, hatten sie keine Wahl.

„Wir werden den Dämon stellen", sagte Erik entschlossen. „Könnt Ihr uns sagen, wo wir ihn finden können?"

Der Schlafende König schloss seine Augen für einen Moment und sprach dann: „Sucht im Norden, jenseits der Frostberge. Dort werdet ihr den Dämonentempel finden."

„Danke, mächtiger Drache", sagte Erik mit einer Verbeugung. „Wir werden eure Weisheit nicht vergessen."

Die Gruppe, bestehend aus mutigen Männern und Frauen des Dorfes, versammelte sich am Rand des Waldes. Jeder überprüfte seine Ausrüstung und stimmte sich innerlich auf die bevorstehenden Herausforderungen ein.

„Ich habe gehört, dass der Dämonentempel von verfluchten Seelen bewacht wird", sagte Lena, eine junge Kriegerin mit feurigen roten Haaren. Sie zog ihr Schwert und ließ es im Sonnenlicht blitzen.

„Ich habe auch Geschichten gehört", antwortete Johann, ein älterer Mann mit grauem Bart. „Aber wir haben den Segen des Schlafenden Königs. Das sollte uns Schutz bieten."

Erik, der Anführer der Gruppe, blickte in die Runde und nickte zustimmend. „Johann hat recht. Wir dürfen keine Angst zeigen. Wir sind hier, um unser Dorf und unsere Familien zu schützen."

Es gab ein paar zustimmende Nicken und murmeln in der Gruppe. „Aber wir müssen vorsichtig sein und zusammenarbeiten", fügte Marta, eine erfahrene Bogenschützin, hinzu. „Nur gemeinsam können wir diesen Dämon besiegen."

Erik lächelte. „Genau. Gemeinsam sind wir stark. Lasst uns jetzt aufbrechen."

Mit neuer Entschlossenheit und dem Segen des Schlafenden Königs im Rücken begann die Gruppe ihre Reise zum Dämonentempel. Jeder Schritt brachte sie näher an die Dunkelheit, aber auch näher an die Hoffnung, Frieden für ihr Dorf zu bringen. Sie wussten, dass der Weg gefährlich sein würde, aber sie waren bereit, sich jeder Herausforderung zu stellen.

Atem - breath

Ausrüstung - equipment

Begann - began

Besorgte Blicke - concerned looks

Donnerte - thundered

Entschlossenheit - determination

Feind - enemy

Gewaltigen - gigantic

Hetzt - incites, urges on

Kämpfe - fights

Melodie - melody

Murmeln - murmurs

Schuld - fault

Verbeugung - bow

Verfluchten Seelen - cursed souls

Versammelte - assembled/gathered

Wütend - angry

3. Der Tempel des Schreckens

Schon von weitem konnte die Gruppe den Tempel inmitten des dunklen Waldes erkennen. Der Wald selbst schien die dunkle Aura des Tempels zu spüren, denn kein Vogel zwitscherte, und eine unheimliche Stille lag in der Luft.

„Wir müssen vorsichtig sein", warnte Erik, als sie sich dem Eingang des Tempels näherten. „Dieser Ort ist alt und voller dunkler Magie."

Lena, die junge Kriegerin, betrachtete die Statuen, die den Eingang säumten. „Diese Statuen sehen aus wie die Drachen aus den Legenden", bemerkte sie.

„Ja", erwiderte Johann, „aber schaut, dort sind auch Dämonen dargestellt. Es scheint, als wären sie in einem ewigen Kampf miteinander verstrickt."

Während sie tiefer in den Tempel vordrangen, bemerkte Marta ein altes Fresko an der Wand. Es zeigte einen Zauberer, umgeben von einem Strudel dunkler Energie. „Ist das der Dämon, von dem du gesprochen hast?", fragte sie Erik.

Erik nickte. „Ja, das war er, bevor er von seiner eigenen Magie verdorben wurde. Er suchte nach unendlicher Macht und wurde dabei selbst zum Dämon."

Plötzlich hörten sie ein tiefes, dunkles Lachen, das von den Wänden des Tempels widerhallte. Als sie einen großen Saal betraten, sahen sie ihn: den Dämon, umgeben von einer dunklen, pulsierenden Energie.

„Willkommen, tapfere Seelen", spottete der Dämon. „Ihr seid weit gekommen, nur um hier euer Ende zu finden."

Erik trat vor. „Wir sind hier, um dich zu stoppen. Für das Dorf und für alle, die du bedroht hast."

Ein wilder Kampf entbrannte. Während Erik versuchte, den Dämon mit seiner Magie zu binden, griffen die anderen Mitglieder der Gruppe die dunklen Kreaturen an, die dem Dämon dienten. Lena schlug mit ihrem Schwert, Marta feuerte Pfeile ab, und

Johann nutzte seine Fähigkeiten als Heiler, um die Verwundeten zu versorgen.

Doch der Dämon war mächtig. Mit einer Welle seiner Hand schickte er Erik zu Boden und lachte triumphierend.

Aber in diesem Moment erinnerte sich Erik an die Worte des Schlafenden Königs und an den Segen, den er ihnen gegeben hatte. Mit letzter Kraft rief er die Energie des Segens herbei und richtete sie gegen den Dämon.

Ein helles Licht erfüllte den Raum, und der Dämon schrie vor Schmerz. Mit der Unterstützung der Gruppe gelang es ihnen schließlich, den Dämon zu schwächen und zu besiegen.

Erschöpft, aber erleichtert, umarmten sie sich. Doch ihre Erleichterung währte nicht lange, denn der Tempel begann plötzlich zu beben und Steine fielen von der Decke.

„Wir müssen hier raus!", rief Lena.

Aura - aura

Bevor - before

Dargestellt - depicted

Decke - ceiling

Eingang - entrance

Entbrannte - broke out (referring to the fight)

Erkennen - recognize

Fresco/Fresko - fresco (painting on wet plaster on a wall or ceiling)

Fähigkeiten - abilities

Fühlte - felt

Pulsierenden - pulsating

Spottete - taunted/mocked

Strudel - whirlpool/maelstrom

Triumphierend - triumphantly

Umarmten - embraced/hugged

Unheimliche - eerie/creepy

Verstrickt - entangled

Welle - wave

Widerhallte - echoed/resounded

Zauberer - wizard/sorcerer

4. Der Fluch des Tempels

Die Wände des Tempels vibrierten, und die Gruppe konnte das Donnern von Steinen hören, die in der Ferne herunterfielen. „Wir müssen hier raus!", rief Lena.

Während sie durch die dunklen und gewundenen Korridore liefen, bemerkte Marta eine versteckte Tür, die zu einem geheimen Pfad führte. Sie öffnete sie vorsichtig und sah alte, von Staub bedeckte Reliquien und mächtige Artefakte.

„Schaut euch das an!", rief Johann und hob einen goldenen Kelch hoch. „Das könnte von unschätzbarem Wert sein!"

Doch Erik erinnerte sie daran, dass sie keine Zeit zu verlieren hatten. „Diese Schätze sind verlockend, aber unser Leben ist wichtiger."

Während sie weiterliefen, spürten sie eine kalte Präsenz. Der Dämon, obwohl besiegt, hatte einen Fluch auf den Tempel gelegt. Jeder Schritt, den sie machten, schien seine Wut zu entfachen.

Plötzlich standen sie vor einer großen Tür, die von einer glühenden Barriere umgeben war. „Das ist unser Ausgang!", sagte Erik. Aber wie sollten sie durch diese magische Barriere kommen?

Erik schloss die Augen und konzentrierte sich. Er murmelte Worte, die keiner von ihnen verstand, und mit einer Bewegung seiner Hand begann die Barriere zu flackern.

„Was machst du?", fragte Lena besorgt.

„Ich versuche, die Barriere zu durchbrechen", antwortete Erik. „Aber es kostet Kraft."

Mit einem letzten, kraftvollen Schub gelang es Erik, die Barriere zu zerbrechen, aber er fiel erschöpft zu Boden.

„Geht weiter, ich komme nach", keuchte er.

Lena und Johann halfen ihm auf die Beine, und zusammen rannten sie aus dem Tempel, nur um festzustellen, dass der verfluchte Wald in Flammen stand. Der Himmel war dunkel und Rauch verschleierte ihre Sicht.

Doch dann hörten sie ein mächtiges Brüllen, und aus dem Himmel tauchten Drachen auf, die mit ihren gewaltigen Flügeln die Flammen löschten. Es waren die Drachen des Schlafenden Königs, die gekommen waren, um ihnen zu helfen.

„Wir schulden euch unser Leben", sagte Marta dankbar, als ein großer silberner Drache vor ihr landete.

Der Drache nickte. „Der Schlafende König hat uns gesandt. Er wusste, dass ihr Hilfe brauchen würdet."

Mit den Drachen an ihrer Seite kehrte die Gruppe sicher ins Dorf zurück. Die Dorfbewohner, die den Himmel gesehen und die Drachen beobachtet hatten, jubelten, als sie ankamen.

„Das war das unglaublichste Abenteuer meines Lebens", sagte Johann später, als sie um ein Lagerfeuer saßen und feierten.

Erik, obwohl immer noch erschöpft, lächelte. „Ja, aber es hat sich gelohnt. Wir haben nicht nur den Tempel und seine Geheimnisse entdeckt, sondern auch neue Freunde gefunden."

Die Gruppe stieß mit ihren Bechern an und feierte ihre Sieg. Das Dorf, einst von Drachen bedroht, lebte nun in Frieden mit ihnen, und alles dank der Tapferkeit und Entschlossenheit einer kleinen Gruppe von Helden.

Artefakte - artifacts

Barriere - barrier

Bechern - cups/mugs

Durchbrechen - break through

Entfachen - kindle/stoke

Flackern - flicker

Fluch - curse

Gewundenen - winding

Glühenden - glowing

Korridore - corridors

Murmeln - murmur/mumble

Präsenz - presence

Reliquien - relics

Verfluchte - cursed

Verlockend - tempting

Vibrierten - vibrated

Verschleierte - obscured/veiled

5. Ein neues Bündnis

Die Sonne ging über dem Dorf auf und beleuchtete die Häuser und die umliegenden Felder. Doch neben den üblichen Szenen des täglichen Lebens gab es jetzt auch majestätische Drachen, die friedlich neben den Menschen lebten. Die Luft war erfüllt von ihren mächtigen Brüllen und dem Lachen von Kindern, die auf ihren Rücken spielten.

Erik, nun als Botschafter und Brückenbauer zwischen den zwei Spezies bekannt, war beschäftigt, Beziehungen aufzubauen und Missverständnisse zu klären. „Es ist erstaunlich, wie viel wir voneinander lernen können, wenn wir nur zuhören", sagte er zu Lena, während sie über den Marktplatz gingen.

„Ja, und es ist beeindruckend zu sehen, wie du diese Schule gegründet hast", antwortete sie und blickte stolz auf das große

Gebäude, das in der Nähe stand. „Viele haben von deinem Wissen profitiert."

„Es geht nicht nur um mein Wissen", erwiderte Erik. „Es geht darum, Brücken zu bauen und Verständnis zu fördern."

Die Drachen, einst gefürchtet, waren nun die Beschützer des Dorfes. Mit ihrer Macht und Weisheit halfen sie, das Land zu bewirtschaften, und hielten es vor äußeren Bedrohungen sicher. Im Gegenzug versorgten die Dorfbewohner sie mit Nahrung und einem sicheren Ort zum Leben.

Mit der Zeit wuchs das Dorf und wurde zu einer mächtigen Stadt. Handelsrouten wurden eingerichtet und viele kamen, um die berühmten Drachenreiter zu sehen und von der Magie und Weisheit der Stadt zu lernen.

Abends saßen die Bewohner oft zusammen und erzählten Geschichten. Die Abenteuer von Erik und seinen Freunden waren besonders beliebt und wurden von Generation zu Generation weitergegeben. Sie wurden zu Legenden, und ihre Taten wurden in Liedern und Gedichten gefeiert.

Drachen und Menschen lebten in Frieden und Harmonie, und die Stadt wurde zu einem Symbol für das, was erreicht werden konnte, wenn man Unterschiede überwindet und zusammenarbeitet.

Doch Erik wusste, dass der Frieden nicht ewig währen würde. Es würden immer neue Herausforderungen und Gefahren geben. Aber er war bereit, sich ihnen zu stellen. Mit der Unterstützung seiner Freunde, sowohl Menschen als auch Drachen, war er zuversichtlich, dass sie jede Herausforderung meistern könnten.

Eines Abends, als er auf einem Balkon stand und die Sterne beobachtete, spürte er eine Präsenz hinter sich. Es war der Schlafende König, der mächtigste aller Drachen.

„Erik", sagte der Drache mit seiner tiefen Stimme. „Du hast viel erreicht, aber es liegt noch ein langer Weg vor dir."

„Ich weiß", antwortete Erik. „Aber mit Freunden wie euch an meiner Seite habe ich keine Angst vor der Zukunft."

Der Drache nickte und gemeinsam blickten sie in den nächtlichen Himmel, bereit für die Abenteuer, die noch kommen würden.

Abends - in the evening

Balkon - balcony

Beleuchtete - illuminated

Beziehungen - relationships

Botschafter - ambassador

Brückenbauer - bridge builder

Erstaunlich - amazing

Gefürchtet - feared

Handelsrouten - trade routes

Marktplatz - marketplace

Missverständnisse - misunderstandings

Präsenz - presence

Reiter - riders

Taten - deeds/actions

Überwindet - overcome

Währen - last/persist

Weisheit - wisdom

Zuhören - listen

Krieg in Eldoria

1. Das Schlachtfeld der Flammen

Das Königreich Eldoria war einst ein friedlicher Ort, bekannt für seine majestätischen Berge und fruchtbaren Täler. Doch nun war es zum Epizentrum eines verheerenden Krieges geworden. Armeen standen sich gegenüber, Flammen verschlangen das Land und der Himmel war von Rauchschwaden durchzogen.

Aron, ein Krieger mit beeindruckenden Flammenflügeln, stand an der Spitze einer Armee. Die Legenden sagten, dass er aus einer alten Linie von Feuerkriegern stammte. Auf der gegenüberliegenden Seite des Schlachtfeldes stand Malak, ein imposanter Krieger in glühender Rüstung, der die Macht hatte, Feuer zu atmen und ganze Armeen zu verschlingen.

„Warum muss es so kommen, Malak?" rief Aron über das Schlachtfeld, während er sich in die Lüfte erhob und Flammen auf Malaks Truppen herabregnen ließ.

Malak lachte und antwortete mit einem mächtigen feurigen Atemzug, der Arons Krieger in Brand setzte. „Eldoria gehört mir, Aron! Deine Zeit ist vorbei!"

Beide Krieger, Aron und Malak, waren Meister ihres Handwerks. Sie waren nicht nur durch Training und Erfahrung geformt, sondern auch durch das Feuer, das in ihren Adern brannte. Jede Bewegung, jeder Schwung ihrer Waffen, jede strategische Positionierung ihrer Armeen wurde mit Präzision und Absicht durchgeführt. Selbst die erfahrensten Soldaten auf dem Schlachtfeld hielten den Atem an, wenn einer der beiden zum Angriff überging.

Das Schlachtfeld selbst wurde zu einem lebenden Zeugnis ihrer Macht. Jedes Mal, wenn Arons Flammenflügel durch die Luft fegten, schickten sie Funkenregen herab, die den Boden in ein Meer aus Feuer und Glut verwandelten. Im Gegenzug erschütterte Malaks feuriger Atemzug den Erdboden, als ob der Planet selbst vor seiner Macht erzitterte.

Die Hitze war so intensiv, dass die Rüstungen der Soldaten glühten und das Metall der Schwerter und Speere sich verformte. Die Luft flimmerte und verzerrte die Sicht, sodass Freund und Feind oft nur anhand ihrer Silhouetten unterschieden werden konnten. Es war ein Tanz von Feuer und Strategie, bei dem der kleinste Fehler katastrophale Folgen haben könnte.

Die Spannung war greifbar, wie eine dicke Decke, die das Schlachtfeld bedeckte. Jeder wusste, dass das Gleichgewicht jederzeit kippen konnte. Ein einziger, entscheidender Moment könnte den Ausgang dieses epischen Duells bestimmen. Und inmitten dieses Chaos von Feuer und Kampf wussten beide Krieger, dass sie ihr Bestes geben mussten, um ihre Armeen und ihr Königreich zu schützen.

Während die beiden Armeen sich bekämpften, durchbrach ein markerschütternder Schrei die Luft. Die Krieger hielten inne und schauten in die Ferne, wo ein dritter Krieger auftauchte. Es war Dragan, ein mächtiger Krieger, der von den Flammen des Infernos umgeben war. Sein Anblick war so furchterregend, dass selbst Aron und Malak für einen Moment verunsichert waren.

Dragan rief, seine Stimme hallte über das Schlachtfeld: „Dieses Königreich wird weder dir gehören, Aron, noch dir, Malak! Es wird mir gehören!"

Aron und Malak tauschten Blicke aus. Beide wussten, dass sie diesen neuen Feind nicht alleine besiegen könnten. In diesem Moment, auf diesem chaotischen Schlachtfeld, wurde ein unsicheres Bündnis zwischen zwei ehemaligen Feinden geschlossen. Aber würden sie stark genug sein, um Dragan und seine infernalischen Kräfte zu besiegen? Das Schicksal von Eldoria hing in der Schwebe.

Adern - veins

Armee - army

Atemzug - breath

Bündnis - alliance

Durchzogen - streaked

Einziger - single, only

Erhob - rose, lifted

Flammenflügel - flame wings

Flimmerte - flickered

Greifbar - tangible

Herabregnen - to rain down

Infernos - infernos

Markerschütternder - bloodcurdling

Präzision - precision

Rüstungen - armor

Schwebe - suspense

Silhouetten - silhouettes

Verformte - deformed

Verheerenden - devastating

Verunsichert - unsettled, disconcerted

Voneinander - from each other

2. Dragan, der Inferno-Krieger

Die Flammen loderten überall auf dem Schlachtfeld, als Dragan, der gefürchtete Inferno-Krieger, seinen Auftritt machte. Mit jeder Bewegung, die er machte, schien das Feuer heller zu brennen, und der Rauch wurde dunkler und dichter. Seine Rüstung, dunkel und bedrohlich, reflektierte die Flammen, die ihn umgaben, und machte ihn zu einer imposanten Erscheinung.

Aron und Malak, so sehr sie auch in ihrer eigenen Rivalität vertieft waren, konnten nicht anders, als innezuhalten und den mächtigen Krieger zu beobachten.

„Hast du jemals so etwas gesehen?" flüsterte Aron zu Malak, wobei er den Druck seiner Waffe lockerte.

Malak schüttelte den Kopf. „Er ist mächtiger, als ich dachte."

Dragan erhob seine Waffe und rief mit einer Stimme, die wie Donner klang: „Dieses Königreich gehört mir! Knie nieder oder verbrennt!"

Aber weder Aron noch Malak waren bereit, sich so einfach zu ergeben. Trotz ihrer Differenzen sahen sie ein, dass sie zusammenarbeiten mussten, um diese neue Bedrohung zu bekämpfen.

„Malak," begann Aron, „wir müssen unsere Kräfte vereinen, wenn wir eine Chance haben wollen."

Malak nickte. „Ich stimme zu. Gemeinsam können wir ihn vielleicht besiegen."

Und so begannen die beiden Krieger, ihre Angriffe zu koordinieren, jeder nutzte die Stärken des anderen aus, um Dragan zurückzudrängen. Aber trotz ihrer vereinten Kräfte schien Dragan immer noch einen Schritt voraus zu sein. Jeder ihrer Angriffe wurde mühelos abgewehrt, und seine Gegenangriffe waren heftig.

Inmitten des Chaos und der Verwüstung trat ein alter Mann aus dem Schatten. Seine Kleidung war bescheiden und von der Zeit gezeichnet, aber in seinen Augen lag eine Tiefe des Wissens.

„Krieger!" rief er. „Ich kenne eine Möglichkeit, wie man den Inferno-Krieger besiegen kann!"

Aron und Malak, erschöpft von dem unaufhörlichen Kampf, wandten sich ihm zu. „Wer bist du?" fragte Aron atemlos.

„Mein Name ist Kalin, ein Weiser aus Eldoria," antwortete der alte Mann. „Es gibt eine alte Legende über einen Krieger, der das Feuer beherrscht. Es wird gesagt, dass nur ein mächtiges Relikt seine Flammen löschen kann."

Malak überlegte. „Aber wo finden wir solch ein mächtiges Relikt in dieser feurigen Ödnis?"

Abgewehrt - fended off, parried

Atemlos - breathless

Bekämpfen - to combat, fight

Bescheiden - modest

Dichter - thicker

Differenzen - differences

Erscheinung - appearance, figure

Gegenangriffe - counterattacks

Innezuhalten - to pause, stop

Kalin - Kalin (name)

Knie nieder - kneel down

Koordinieren - to coordinate

Loderten - blazed

Relikt - relic

Rivalität - rivalry

Rückzudrängen - to push back

Unaufhörlichen - incessant, unceasing

Vertieft - engrossed, immersed

Weiser - sage, wise man

Ödnis - wasteland, desolation

3. Der Plan des Weisen

Das Lagerfeuer knisterte leise, als Kalin, der alte Weise, seinen Blick auf Aron und Malak richtete. Der Himmel über ihnen war dunkel, und die Sterne schienen besonders hell zu leuchten.

„Dragan war nicht immer so", begann Kalin, „vor langer Zeit war er ein einfacher Krieger, doch er wurde von der Dunkelheit verdorben. Nur ein mächtiges Relikt kann seine Dunkelheit überwinden."

„Und wo finden wir dieses Relikt?" fragte Malak ungeduldig.

„In einer versteckten Höhle, tief im Herzen des Waldes von Eldoria", antwortete Kalin. „Es wird nicht einfach sein, dorthin zu gelangen. Dragans Kreaturen bewachen den Weg."

Aron runzelte die Stirn. „Wir haben keine Zeit zu verlieren. Je länger wir warten, desto mächtiger wird Dragan."

Die drei machten sich am nächsten Morgen auf den Weg. Der Wald war dicht und unheimlich, und es schien, als ob die Bäume selbst sie beobachten würden. Jeder Schatten, jedes Rascheln ließ sie zusammenzucken.

Die Stille des Waldes wurde abrupt von einem tiefen Knurren durchbrochen. Aus den Schatten trat ein riesiges, schattenhaftes Wesen hervor, seine glühenden Augen fixierten Aron und Malak.

„Hörst du das?", flüsterte Malak, während er sein Schwert zog.

Aron nickte und zog ebenfalls seine Waffe. „Sie sind näher als ich dachte."

Ein weiteres Wesen erschien, gefolgt von einem dritten. Sie umzingelten die Gruppe. Kalin trat einen Schritt zurück und murmelte einige Worte. Ein bläuliches Licht umgab ihn, das als Schutzschild diente.

Malak schlug zuerst zu, seine Klinge traf das schattenhafte Wesen, doch es schien nur wütender zu werden. Aron schlug von der anderen Seite, aber die Kreatur wich geschickt aus.

„Konzentriere dich! Zusammen!", rief Aron.

Kalin rief aus: „Verwendet das Licht! Sie scheuen das Licht!"

Malak ergriff eine Fackel und schwang sie in Richtung eines der Wesen. Es zischte und trat zurück, seine Augen vor dem hellen Licht schützend. Aron nutzte die Ablenkung und stürmte auf das Wesen zu, sein Schwert tief in seine dunkle Form treibend.

Ein weiteres Wesen sprang auf Malak zu, doch Kalin war bereit. Er murmelte schnell einen Spruch, und eine Lichtkugel schoss aus seinen Händen und traf die Kreatur mitten ins Gesicht. Sie schrie auf und verschwand im Dunkeln des Waldes.

Nach einem intensiven Kampf waren alle Kreaturen entweder vertrieben oder besiegt. Aron, Malak und Kalin atmeten tief durch und sahen sich erleichtert an.

„Das war knapp", keuchte Malak und wischte sich den Schweiß von der Stirn.

Aron nickte. „Ohne deine schnelle Reaktion und Kalins Weisheit hätten wir das nicht geschafft."

Kalin lächelte schwach. „Es ist noch nicht vorbei. Wir müssen weitermachen. Dragan wird nicht ruhen, bis er hat, was er will."

Während einer ihrer Pausen, als sie um ein kleines Lagerfeuer saßen, wandte sich Malak an Aron. „Weißt du", begann er, „bevor all das begann, hätte ich nie gedacht, dass wir zusammenarbeiten würden."

Aron lächelte. „Ich auch nicht. Aber ich bin froh, dass wir es tun. Gemeinsam sind wir stärker."

Die beiden Männer nickten zustimmend, und in diesem Moment wurde ihr Band noch fester.

Nach Tagen des Reisens und Kämpfens erreichten sie schließlich die versteckte Höhle. In ihrem Inneren, auf einem Altar aus Stein, lag der Kristall. Er war wunderschön, mit facettenreichen Kanten, die das Licht in allen Farben des Regenbogens reflektierten.

„Das ist er", flüsterte Kalin ehrfürchtig. „Der Kristall der Reinheit."

Malak trat vor und hob ihn vorsichtig auf. „Er fühlt sich warm an", bemerkte er.

„Ja", erklärte Kalin, „er ist voller positiver Energie. Er kann Dragans Dunkelheit neutralisieren."

Mit dem Kristall in ihren Händen kehrten sie zum Schlachtfeld zurück. Dort wartete Dragan, noch mächtiger und bedrohlicher als zuvor.

Kalin zog Aron und Malak zur Seite. „Erinnert euch an alles, was ihr gelernt habt. Verwendet den Kristall weise. Es wird nicht einfach sein, aber ich glaube an euch."

Aron und Malak nickten und machten sich bereit für den finalen Kampf. Mit dem Wissen und der Weisheit Kalins an ihrer Seite waren sie bereit, sich dem Bösen zu stellen und Eldoria zu retten.

Bösen - evil

Ehrfürchtig - reverently, awestruck

Facettenreichen - multifaceted

Hervor - forth, forward

Knisterte - crackled

Kreaturen - creatures

Lichtkugel - orb of light

Murmelte - murmured

Reinheit - purity

Schattenhaft - shadowy

Schickschild - protective shield

Schweiß - sweat

Ungeduldig - impatient

Verwendet - used, employed

Weg - way, path

Zischte - hissed

4. Das letzte Gefecht

Auf einem offenen Feld, nicht weit vom Herzen Eldorias entfernt, standen Aron und Malak. Sie waren bereit, sich ihrem größten Feind zu stellen. Der Kristall, von einem leichten Glanz umgeben, lag sicher in Kalins Hand.

Die Menschen von Eldoria hatten sich auf den umliegenden Hügeln versammelt, um Zeuge des finalen Kampfes zu werden. Ihre Gesichter waren von Angst und Hoffnung gezeichnet.

Mit einem donnernden Geräusch landete Dragan vor ihnen. Er war riesig, sein Körper von Flammen umgeben. Seine Augen, rot und funkelnd, fixierten die beiden Krieger und dann den Kristall.

„Ach, was haben wir denn hier?", spottete er, seine Stimme klang wie das Knistern von Flammen. „Glaubt ihr wirklich, dass dieser kleine Stein mir etwas anhaben kann?"

Aber als sein Blick auf den Kristall fiel, zuckte er kurz zurück. Ein Moment der Schwäche, den Aron und Malak bemerkten.

Kalin trat vor. „Dragan, deine Herrschaft des Schreckens endet heute."

Dragan lachte. „Das werden wir ja sehen!"

Plötzlich schleuderte Dragan Feuerbälle auf Aron und Malak. Sie wichen aus und griffen gleichzeitig an, während Kalin den Kristall hochhob und ein helles Licht aus ihm hervorstrahlte. Dieses Licht schwächte Dragans Kräfte.

Der Kampf war intensiv. Feuer, Rauch und Magie erfüllten die Luft. Mit jedem Angriff von Aron und Malak, unterstützt von Kalins magischen Kräften, schien Dragan schwächer zu werden.

„Das ist euer Ende!", rief Malak und stürmte auf Dragan zu, gefolgt von Aron. Beide trafen Dragan mit solcher Wucht, dass er zu Boden ging.

Die Menschen von Eldoria jubelten, aber der Sieg wurde durch einen lauten Knall unterbrochen. Der Himmel wurde dunkel und die Erde bebte. Mit einem letzten Aufbäumen entfachte Dragan ein mächtiges Feuer. Aber Kalin, Aron und Malak hielten zusammen und mit der Kraft des Kristalls gelang es ihnen, das Feuer zu löschen und Dragan endgültig zu besiegen.

Erschöpft, aber triumphierend, standen die drei Helden da und wurden von den Menschen Eldorias bejubelt. Die Dunkelheit war besiegt und Frieden kehrte ins Königreich zurück.

In den Tagen nach dem Kampf wurden Festlichkeiten zu Ehren der Helden abgehalten. Aron, Malak und Kalin wurden mit Medaillen und Ehren geehrt. Das Königreich war ihnen zu Dank verpflichtet.

Aber während Eldoria feierte, beobachtete in der Ferne eine dunkle Gestalt das Geschehen. In den Schatten versteckt, plante er seine Rache und wartete auf den richtigen Moment, um zuzuschlagen.

Anhaben - affect, harm

Aufbäumen - rear up, buck

Bejubelt - cheered, acclaimed

Donnernd - thundering

Ehren - honor, award

Endgültig - final, definitive

Entfachte - kindled, ignited

Festlichkeiten - festivities, celebrations

Geehrt - honored

Geschehen - events, happenings

Hervorstrahlte - emanated, radiated

Knistern - crackle

Medaillen - medals

Schwäche - weakness

Spottete - mocked

Triumphierend - triumphant

Umgeben - surrounded

Versammelt - gathered, assembled

Zuschlagen - strike, slam

5. Der Schattenkrieger

Die Tage nach Dragans Niederlage waren von Festlichkeiten geprägt. Doch während das Königreich Eldoria feierte, wuchsen in den dunkelsten Ecken des Reiches neue Schatten.

In einem abgelegenen Teil des Königreichs, tief in den Wäldern, erhob sich eine düstere Festung. Hier lebte der Schattenkrieger, ein beeindruckender Kämpfer mit dunkler Rüstung und einem Gesicht, das von den tiefsten Schatten verborgen war. Er hatte von Dragans Niederlage gehört und schwor Rache.

„Aron und Malak werden für das, was sie getan haben, bezahlen", murmelte er, während er seine Waffen prüfte.

Eines Tages, als Aron und Malak in einem Dorf am Rande des Königreichs weilten, hörten sie von den Taten des Schattenkriegers. Dörfer waren geplündert, unschuldige Menschen verschwanden und überall herrschte Angst.

„Wir müssen etwas tun", sagte Aron entschlossen.

Malak nickte. „Wir können nicht zulassen, dass dieser Schattenkrieger unser Land zerstört."

Die beiden Krieger suchten Kalin auf, der in seiner Hütte am Rande eines Sees lebte. „Kalin, wir brauchen deine Hilfe. Es gibt eine neue Bedrohung", erklärte Aron.

Kalin, der alte und weise Magier, hörte sich ihre Geschichte an und nickte nachdenklich. „Der Schattenkrieger zieht seine Kraft aus Dunkelheit und Täuschung. Normale Waffen werden gegen ihn nicht viel ausrichten können."

„Wie können wir ihn dann besiegen?", fragte Malak.

Kalin sah beide an. „Ihr habt Dragan mit Einheit und Zusammenarbeit besiegt. Dieses Mal müsst ihr die Kraft der Liebe und des Vertrauens nutzen. Nur das kann die Dunkelheit besiegen."

Mit dieser neuen Erkenntnis reisten Aron, Malak und Kalin durch das Land, um Verbündete zu sammeln und sich auf den bevorstehenden Kampf vorzubereiten.

Eines Tages standen sie dem Schattenkrieger gegenüber. Er war groß und beeindruckend, und seine Augen leuchteten vor Hass.

„Endlich", knurrte der Schattenkrieger. „Ich habe auf diesen Moment gewartet."

Der Kampf war episch. Der Schattenkrieger nutzte seine dunklen Kräfte, um Aron und Malak zu täuschen und zu verwirren. Doch jedes Mal, wenn sie fielen, halfen sie einander wieder auf. Ihre Bindung und ihr Vertrauen zueinander gaben ihnen die Kraft, weiterzumachen.

Schließlich, in einem entscheidenden Moment, kombinierten Aron und Malak ihre Kräfte und leuchteten so hell, dass der Schattenkrieger geblendet wurde. In diesem Moment griff Kalin mit der Kraft des Kristalls an und schwächte den Schattenkrieger.

Mit vereinten Kräften gelang es ihnen schließlich, den Schattenkrieger zu besiegen. Seine dunkle Energie verblasste, und was übrig blieb, war ein Mann, der seine Taten bereute.

Aron trat vor und bot dem Schattenkrieger seine Hand an. „Es ist noch nicht zu spät, sich zu ändern."

Der Schattenkrieger sah Aron an und nickte langsam. „Vielleicht habt ihr recht."

Eldoria feierte erneut. Aron, Malak und Kalin wurden erneut als Helden geehrt. Doch dieses Mal war die Botschaft klar: Liebe, Einheit und Vertrauen sind die mächtigsten Waffen gegen die

Dunkelheit. Und so lebte Eldoria in Frieden, in der Hoffnung auf eine bessere Zukunft.

Abgelegenen - remote, secluded

Bevorstehenden - impending, upcoming

Düstere - gloomy, sinister

Geblendet - blinded

Geprägt - characterized, marked

Hass - hatred

Knurrte - growled

Täten - deeds, actions

Täuschen - deceive, delude

Verblasste - faded, vanished

Verbündete - allies

Vertrauens - trust

Weilten - lingered, stayed

Wäldern - forests

6. Lioras Warnung

Nachdem die Dunkelheit des Schattenkriegers aus Eldoria vertrieben wurde, genossen die Bewohner endlich wieder Tage des Friedens. Kinder spielten auf den Straßen, und Händler verkauften ihre Waren. Das fröhliche Lachen der Menschen erfüllte die Luft.

Eines Tages, als Aron und Malak auf dem Marktplatz waren, bemerkten sie eine Bewegung am Rande des Waldes. Eine Gestalt, die sich schnell näherte. Es war Liora, ihre langen grünen Haare flatterten im Wind. Ihr Gesicht war gezeichnet von Erschöpfung und Sorge.

„Aron! Malak!", rief sie atemlos, als sie näher kam.

„Liora? Was ist passiert?“, fragte Aron besorgt.

Sie antwortete keuchend: „Es gibt eine neue Bedrohung. Tief im Herzen von Eldoria erwacht eine dunkle Macht. Wir müssen handeln, bevor es zu spät ist.“

Malak runzelte die Stirn. „Was für eine Macht? Wir haben den Schattenkrieger besiegt. Was kann jetzt noch schlimmer sein?“

Liora schaute ernst in die Ferne. „Die Kämpfe gegen den Schattenkrieger haben eine alte, böse Kraft freigesetzt. Etwas, das noch mächtiger und zerstörerischer ist.“

In diesem Moment erzitterte die Erde, und der Himmel wurde dunkel. Ein kalter Wind wehte, und die Temperatur fiel drastisch. Die Bewohner von Eldoria schauten besorgt zum Himmel hinauf, wo sich schwarze Wolken bildeten.

„Das kann nicht gut sein“, murmelte Malak und zog sein Schwert.

„Wir müssen in die Tiefe von Eldoria vordringen und diese Bedrohung aufhalten“, erklärte Liora. „Aber wir müssen vorsichtig sein. Dunkle Kreaturen lauern überall.“

Aron nickte entschlossen. „Wir sind bereit. Zeig uns den Weg, Liora.“

Gemeinsam machten sie sich auf den Weg in das dunkle Herz von Eldoria. Der Weg war gefährlich, und sie wurden von dunklen Kreaturen angegriffen. Doch mit Lioras Magie und der Stärke von Aron und Malak konnten sie die Kreaturen zurückdrängen.

Als sie schließlich tiefer in die Dunkelheit vordrangen, entdeckten sie den Kern der Dunkelheit: Ein riesiges Monster aus Schatten, das drohend über ihnen aufragte. Seine Augen glühten rot, und sein Brüllen ließ die Erde erzittern.

„Das ist das Monster, von dem ich gesprochen habe“, sagte Liora mit belegter Stimme. „Es ist die Quelle der Dunkelheit.“

Das Monster fixierte sie mit einem bösen Blick und griff an. Aron und Malak zogen ihre Waffen und stellten sich ihm entgegen, während Liora ihre Magie vorbereitete. Ein heftiger Kampf

entbrannte. Es war ein Kampf, der über das Schicksal von Eldoria
entscheiden würde.

Aufragte - towered

Bewohner - inhabitants, residents

Brüllen - roar

Drohend - threatening

Erschöpfung - exhaustion

Erzitterte - trembled, quaked

Flatterten - fluttered

Freigesetzt - unleashed, released

Handeln - to act

Keuchend - panting

Lauern - lurk, lie in wait

Vordringen - penetrate, advance

7. Das Herz der Dunkelheit

Die Dunkelheit umhüllte das Land, und das riesige Monster
stand drohend vor Aron, Malak und Liora. Sein Atem war kalt und
rauchig, und die roten Augen funkelten voller Hass. Die Helden
wussten, dass dieser Kampf ihr härtester sein würde.

Das Monster holte aus und schlug mit einer enormen Kraft auf
den Boden, sodass die Erde erzitterte und Risse bekam. Aron und
Malak wurden von der Wucht des Schlages zurückgeworfen.

Liora rief die Kräfte der Natur an, Pflanzen wuchsen plötzlich
aus dem Boden und versuchten, das Monster zu fesseln. Doch es
riss sich mit Leichtigkeit frei und brüllte vor Wut.

Malak, mit seinem Schwert bereit, rief: „Aron! Wir müssen es
von beiden Seiten angreifen!"

Aron antwortete: „Ja, wir müssen es ablenken, damit Liora ihre Magie einsetzen kann!"

Die beiden Männer griffen gleichzeitig an, wobei sie das Monster von links und rechts attackierten. Doch es schien, als würde ihre Bemühung kaum einen Effekt auf das Monster haben. Jeder Schlag, jeder Angriff schien es nur wütender zu machen.

Inmitten des Chaos trat Liora vor und rief: „Beschützt mich! Ich habe einen Plan!"

Malak schrie zurück: „Sei vorsichtig! Wir werden unser Bestes tun!"

Während Aron und Malak das Monster ablenkten, begann Liora einen alten und mächtigen Zauber zu murmeln. Die Luft um sie herum wurde kälter, und der Boden unter ihren Füßen begann zu leuchten.

Das Monster bemerkte, was Liora tat, und versuchte, sie anzugreifen. Aber Aron und Malak stellten sich ihm in den Weg und verteidigten Liora mit allem, was sie hatten.

Mit einem letzten, kraftvollen Ruf beendete Liora den Zauber. Eine mächtige Explosion erfüllte das Land, und ein helles Licht durchbrach die Dunkelheit. Das Monster schrie vor Schmerz und wurde von der Kraft des Zaubers vernichtet.

Als sich der Staub legte und das Licht verblasste, standen Aron und Malak atemlos und erschöpft da. Doch ihre Blicke waren voller Sorge, als sie Liora am Boden liegen sahen.

„Liora!", rief Aron und lief zu ihr.

Sie war schwer verletzt, ihr Atem war flach, und ihre Augen waren halb geschlossen. „Ich wusste, dass es funktionieren würde", flüsterte sie schwach.

Malak kniete sich neben sie und sagte: „Du hast uns gerettet, Liora. Ohne dich hätten wir das nicht geschafft."

Liora lächelte schwach. „Es war das, was getan werden musste."

Die Dunkelheit war besiegt, aber der Preis war hoch. Eldoria war fürs Erste sicher, aber die Narben des Kampfes würden bleiben.

Ablenkten - distracted

Atemlos - breathless

Bemühung - effort, endeavor

Durchbrach - broke through

Erzitterte - trembled, quaked

Flach - shallow, flat

Fesseln - bind, restrain

Holte aus - drew back (in preparation for an attack)

Murmeln - murmur, mutter

Narben - scars

Risse - cracks, fissures

Schwach - weak, faint

Umhüllte - enveloped, shrouded

Verblasste - faded

Vernichtet - annihilated, destroyed

Wucht - force, impact

8. Das letzte Opfer

Mit jedem Schritt, den sie machten, fühlte Aron das Gewicht von Lioras körperlicher Schwäche. Malak, der die andere Seite von Lioras Körper stützte, schaute mit besorgter Miene auf sie herab. Sie hatten viele Schlachten zusammen überstanden, aber dieser Moment war der härteste von allen.

„Bringt mich zu dem alten Baum", sagte Liora schwach, ihre Stimme kaum mehr als ein Flüstern.

„Warum dorthin?“, fragte Aron, während sie durch den dichten Wald gingen.

Liora antwortete: „Es ist der Ort, an dem ich meine letzte Ruhe finden möchte. Der Baum hat die Energie, das Königreich zu beschützen.“

Als sie schließlich den uralten Baum erreichten, sahen sie seine beeindruckenden, ausladenden Äste und den massiven Stamm, der Geschichten von vielen Generationen zu erzählen schien.

„Es ist Zeit“, sagte Liora leise. Sie legte ihre Hand auf den Stamm des Baumes und schloss die Augen. Eine warme, goldene Energie umhüllte sie, und der Baum begann zu leuchten. Mit jeder Sekunde wurde das Leuchten heller, und der Baum wuchs und wuchs, bis er so groß war, dass er den gesamten Himmel zu bedecken schien.

Aron und Malak traten zurück und beobachteten das Spektakel. Sie spürten die Energie des Baumes und sahen, wie Liora mit ihm verschmolz. Ihre Gestalt wurde Teil des Baumes, und ihr Bewusstsein wurde zu einem ewigen Wächter von Eldoria.

„Liora...“, flüsterte Aron, Tränen in den Augen.

Malak legte seine Hand auf Arons Schulter. „Sie hat das getan, was sie für richtig hielt. Sie wird immer bei uns sein und Eldoria von oben bewachen.“

Die beiden Männer standen eine Weile schweigend da, in Ehrfurcht vor dem, was sie gerade gesehen hatten. Aber ihre Ruhe wurde jäh unterbrochen, als sie in der Ferne eine dunkle Wolke aufziehen sahen.

„Das kann nicht gut sein“, murmelte Malak.

Aron nickte. „Wir haben versprochen, Eldoria zu beschützen. Egal, welche Bedrohung kommt, wir werden bereit sein.“

Die beiden bereiteten sich auf das vor, was kommen mochte. Mit Schwert und Schild, Magie und Mut, machten sie sich auf den Weg in Richtung der aufziehenden Dunkelheit. Ihr Abenteuer war noch nicht vorbei, und sie wussten, dass sie alles tun würden, um ihr geliebtes Königreich zu verteidigen. Das Erbe von Liora würde weiterleben, solange sie atmeten, und sie würden sicherstellen, dass Eldoria niemals fallen würde.

Äste - branches

Aufziehen - approaching, looming

Beeindruckenden - impressive

Bewusstsein - consciousness, awareness

Ehrfurcht - reverence, awe

Erbe - legacy, heritage

Ewigen - eternal

Flüstern - whisper

Geschichten - stories, tales

Gestalt - figure, shape

Herab - downward

Jäh - abruptly, suddenly

Miene - expression (on one's face)

Ruhe - calmness, peace

Schweigend - silently

Spektakel - spectacle

Stützte - supported, propped up

Uralten - ancient

Verschmolz - merged, fused

Wächter - guardian

Das Herz von Anubis

1. Das Geheimnis von Anubis

In dem kleinen ägyptischen Dorf Osiria, das am Rande der endlosen Wüste lag, stand eine beeindruckende, alte Statue von Anubis, dem Gott der Unterwelt. Die Statue thronte in der Dorfmitte, bewacht von zwei steinernen Sphinxen.

Jeder im Dorf kannte die Legende: In Vollmondnächten, wenn der Himmel klar war und die Sterne funkelten, erwachte Anubis zum Leben. Doch keiner hatte je gewagt, in solch einer Nacht in der Nähe der Statue zu bleiben. Alle, bis auf Nadja.

Nadja war eine neugierige junge Frau mit leuchtenden braunen Augen und einem unersättlichen Durst nach Abenteuern. Die Legende von Anubis hatte sie schon immer fasziniert, und sie war entschlossen, das Geheimnis zu lüften.

„Du spielst mit dem Feuer, Nadja," warnte ihre Freundin Amara sie. „Es gibt Dinge, die man besser in Ruhe lässt."

Nadja lächelte nur. „Ich muss es mit meinen eigenen Augen sehen."

An einem besonders klaren Vollmondabend versteckte sie sich hinter einem der Häuser in der Nähe der Statue und wartete geduldig. Stunden vergingen, bis endlich, um Mitternacht, ein tiefes Grollen die Stille durchbrach. Die Statue von Anubis begann sich zu bewegen. Seine steinernen Züge verwandelten sich in lebendiges Fleisch, und vor Nadjas Augen stand nun ein riesiger, schwarzblauer Schakal auf zwei Beinen.

Mit schweren Schritten und einem bedrohlichen Knurren lief der Schakal in Richtung Wüste. Nadja folgte ihm heimlich, getrieben von Neugier und Furcht gleichermaßen. Nach einer Weile erreichte der Schakal den Eingang zu einer versteckten Pyramide, die aus dem Sand aufragte.

Mit klopfendem Herzen schlich Nadja näher und entdeckte einen geheimen Eingang zur Seite der Pyramide. Sie zögerte nur einen Moment, bevor sie beschloss, hineinzugehen.

Das Innere war kalt und dunkel, nur schwach beleuchtet von Fackeln, die an den Wänden brannten. Nadja sah glitzernde Schätze, Mumien in ihren Sarkophagen und lange, dunkle Gänge. Doch was sie am meisten beunruhigte, war das leise, merkwürdige Flüstern, das aus der Tiefe der Pyramide zu ihr drang.

„Komm... komm näher...", flüsterte eine geisterhafte Stimme.

Nadja schluckte hart. Sollte sie weitergehen oder fliehen, solange sie noch konnte? Doch ihre Neugier war stärker als ihre Angst. Sie folgte dem Flüstern tiefer in die Pyramide, nicht ahnend, welches Schicksal sie dort erwarten würde.

Ahnend - suspecting, having an inkling

Beeindruckende - impressive

Bewacht - guarded

Dorfmitte - center of the village

Durst - thirst

Eingang - entrance

Endlosen - endless

Erwachte - awakened

Fackeln - torches

Flüstern - whisper

Geheimnis - secret

Grollen - rumble

Klopfendem Herzen - beating heart

Merkwürdige - strange, peculiar

Neugier - curiosity

Sarkophagen - sarcophagi

Schakal - jackal

Schwarzblauer - black-blue

Steinernen - stone (made of stone)

Thronte - towered, stood imposingly

Uersättlichen - insatiable

Unterwelt - underworld

Versteckte - hidden

Vollmondabend - full moon evening

Vollmondnächten - full moon nights

Wüste - desert

2. Die Schatten der Pyramide

Mit jedem Schritt, den Nadja tiefer in die Pyramide hineinging, wurde das Flüstern lauter. Es klang wie eine Sprache, die seit Jahrhunderten nicht mehr gesprochen wurde. Ihre Neugier trieb sie weiter voran, auch wenn ein Teil von ihr am liebsten umgekehrt wäre.

Schließlich gelangte sie in eine riesige Kammer. In der Mitte der Kammer stand ein steinerner Altar, und darauf lag eine glänzende goldene Scheibe. Die Scheibe strahlte eine unheimliche Energie aus, die Nadja magisch anzog.

Doch bevor sie sich dem Altar nähern konnte, wuchsen aus den Schatten, die an den Wänden der Kammer tanzten, dunkle Gestalten hervor. Sie kreisten Nadja ein, ihre Gesichter waren formlos, und sie streckten ihre Hände nach ihr aus.

„Was... was seid ihr?", stammelte Nadja, ihre Stimme zitterte vor Angst.

Die Schatten antworteten nicht, sondern zogen sie mit unwiderstehlicher Kraft zu dem Altar. Die goldene Scheibe schien zu pulsieren, und als Nadja sie berührte, fühlte sie, wie eine dunkle Energie durch ihren Körper strömte. Ihre Sinne verschwanden, und sie fühlte sich, als würde sie in einen tiefen Abgrund gezogen.

Als die Dunkelheit nachließ, sah sie, dass die Schatten menschliche Formen angenommen hatten. Sie waren alle verschieden, Männer und Frauen, junge und alte, aber alle hatten sie denselben leeren Blick.

„Einst suchten auch wir nach den Geheimnissen von Anubis", sagte einer von ihnen mit einer tiefen, hallenden Stimme. „Doch wir wurden bestraft und sind nun für immer hier gefangen."

„Warum habt ihr mich hierher gebracht?", fragte Nadja, versuchte dabei, ihre Fassung zu bewahren.

„Wir sind einsam", sagte eine weibliche Schattengestalt. „Und wir möchten, dass du dich uns anschließt."

Nadja spürte die Verzweiflung und den Schmerz dieser Seelen, aber sie wollte nicht für immer hier gefangen sein. In einem verzweifelten Versuch rief sie: „Anubis! Bitte, hilf mir!"

Ein tiefes Grollen erfüllte die Kammer, und der riesige Schakal, den sie in der Nacht gesehen hatte, erschien aus dem Dunkel. Seine Augen glühten, als er sich zwischen Nadja und die Schatten stellte.

„Diese Seele gehört mir nicht!", donnerte Anubis mit einer Stimme, die den Raum erfüllte.

Ein gewaltiger Kampf entbrannte zwischen Anubis und den Schatten. Die Wände der Kammer bebten, und Nadja konnte nur staunend zusehen, wie der Gott der Unterwelt mit unglaublicher Kraft gegen die verlorenen Seelen kämpfte.

Schließlich, nachdem die Kammer mehrmals erzittert hatte, vertrieb Anubis die Schatten, die sich zurück in die Dunkelheit verzogen. Der Schakal wandte sich Nadja zu, seine Augen funkelten bedrohlich.

„Du bist mutig, kleines Menschenkind", sagte er mit einer tiefen, grollenden Stimme. „Aber du solltest nicht mit Kräften spielen, die du nicht verstehst."

Nadja senkte den Kopf. „Ich wollte nur die Wahrheit erfahren", flüsterte sie.

Abgrund - abyss, chasm

Altar - altar

Anzog - attracted

Bebten - quaked, trembled

Donnerte - thundered

Entbrannte - ignited, erupted

Erschien - appeared

Fassung - composure

Flüstern - whisper

Formlos - formless, shapeless

Gestalten - figures, shapes

Grollen - rumbling, growling

Hallenden - echoing, resonant

Kammer - chamber, hall

Menschliches Kind - human child

Menschliche Formen - human forms

Pulsieren - pulsate

Scheibe - disk

Schmerz - pain

Seelen - souls

Stammelte - stammered

Unheimliche - eerie, uncanny

Unwiderstehlicher - irresistible

Verzweiflung - desperation

Wuchsen - grew

3. Anubis' Entscheidung

Als Nadja den Kampf zwischen Anubis und den Schatten beobachtete, füllte ein intensives blaues Licht die Pyramide aus. Das Licht verlieh der sonst so dunklen Kammer eine unheimliche, aber auch majestätische Atmosphäre. Das Dröhnen der Kämpfe und der Gesänge hallte durch die Wände, und Nadja spürte, wie der Boden unter ihr zitterte.

Als der Kampf endete, fand sich Nadja allein in der Dunkelheit wieder. Der Eingang, durch den sie gekommen war, war verschlossen, und sie fühlte sich wie in einer Falle gefangen. Sie tastete sich an den kalten Steinwänden entlang, in der Hoffnung, einen anderen Ausweg zu finden.

Doch plötzlich spürte sie eine sanfte, warme Berührung auf ihrer Schulter. Sie drehte sich um und sah einen jungen Mann vor sich, der sie mit sanften, blauen Augen ansah. Es war Anubis, aber er hatte die Form eines Menschen angenommen.

„Nadja", begann er mit einer tiefen, beruhigenden Stimme, „du hast den Schatten widerstanden und die Geheimnisse der Pyramide entdeckt. Aber um hier rauszukommen, musst du noch eine Prüfung bestehen."

Nadjas Herz schlug schneller. „Was für eine Prüfung?", fragte sie ängstlich.

Anubis lächelte sanft. „Du musst deinen größten Ängsten ins Auge blicken. Kannst du das tun?"

Nadja schluckte. „Ich... ich weiß nicht. Aber ich werde es versuchen."

Anubis nickte und führte sie zu einer anderen Kammer. Als sie eintraten, veränderte sich die Umgebung um sie herum. Plötzlich stand Nadja inmitten ihrer schlimmsten Albträume. Schlangen krochen um ihre Füße, tiefe Abgründe öffneten sich vor ihr, und dunkle Schatten lauerten in jeder Ecke.

Nadja spürte, wie die Panik in ihr aufstieg, aber dann hörte sie Anubis' Stimme: „Erinnere dich, dass dies nur Prüfungen sind. Sie können dir keinen Schaden zufügen, solange du an dich glaubst."

Mit zitternden Beinen stellte sich Nadja ihren Ängsten. Jedes Mal, wenn sie eine überwand, verschwand sie und machte Platz für die nächste. Doch mit Anubis' Ermutigung und ihrem eigenen Mut konnte Nadja schließlich alle ihre Ängste besiegen.

Erschöpft, aber auch erleichtert, stand sie schließlich wieder neben Anubis. „Du hast gut gemacht", sagte er und lächelte stolz. „Aber es gibt noch eine letzte Prüfung."

Nadja sah ihn fragend an. „Was muss ich noch tun?"

Anubis sah ihr tief in die Augen. „Du musst meine wahre Identität herausfinden. Wer bin ich wirklich?"

Nadja dachte nach. Sie erinnerte sich an all die Legenden und Geschichten, die sie über Anubis gehört hatte. „Du bist nicht nur der Gott der Unterwelt", sagte sie schließlich. „Du bist auch ein Beschützer. Ein Wächter der Geheimnisse und der Seelen."

Anubis lächelte. „Genau. Und jetzt, da du meine wahre Natur erkannt hast, kannst du gehen."

Mit einer Handbewegung öffnete er den Eingang zur Pyramide, und Nadja trat ins Sonnenlicht hinaus. Sie war frei.

Aber sie würde die Erlebnisse in der Pyramide und die Weisheit von Anubis nie vergessen. Sie hatte gelernt, sich ihren Ängsten zu stellen und an sich selbst zu glauben. Und das war das größte Geschenk von allen.

Berührung - touch

Beschützer - protector

Dröhnen - booming, rumbling

Erkannt - recognized

Erleichtert - relieved

Ermutigung - encouragement

Gesänge - chants, singing

Handbewegung - gesture (with the hand)

Intensives - intense

Majestätische - majestic

Panik - panic

Prüfung - test, trial

Schlangen - snakes

Schlug - beat, struck

Tastete - groped, felt one's way

Umgebung - environment, surroundings

Verschlossen - locked, sealed

Weisheit - wisdom

Widerstanden - resisted

Zitterte - trembled

4. Das Herz des Wüstenkönigs

Das Innere der Pyramide war dunkel und kalt. Ein schwaches, bläuliches Licht fiel durch die kleinen Öffnungen in den Wänden und beleuchtete den Weg für Nadja. Sie war immer noch überwältigt von dem, was sie gerade erlebt hatte. Das Zusammentreffen mit Anubis, dem Gott der Unterwelt und jetzt auch dem König der Wüste, war jenseits ihrer wildesten Vorstellungen.

Während sie tiefer in die Pyramide vordrang, bemerkte sie in der Ferne ein sanftes Leuchten. Es kam von einem massiven steinernen Herz, das auf einem Altar in der Mitte eines großen Saals stand. Sie ging vorsichtig darauf zu und konnte die immense Energie spüren, die von ihm ausging.

„Das ist mein Herz", hörte sie Anubis' Stimme hinter sich sagen. Sie drehte sich um und sah ihn mit einer Mischung aus Traurigkeit und Hoffnung in seinen Augen auf das Herz blicken. „Es wurde mir vor langer Zeit gestohlen und hier in dieser Pyramide versteckt, geschützt durch einen mächtigen Fluch."

Nadja sah das Herz an, das immer noch leuchtete, und fragte: „Warum wurde es dir genommen?"

Anubis antwortete: „Es gibt jene, die neidisch auf meine Macht waren und mich schwächen wollten. Ohne mein Herz war ich nicht in der Lage, mein Königreich zu regieren oder mein Volk zu beschützen."

Nadja trat näher an das Herz heran. „Und warum kann ich es sehen und fühlen?"

„Weil du ein reines Herz hast", erklärte Anubis. „Nur jemand mit einer reinen Seele kann sich dem Herzen nähern und es berühren, ohne von dem Fluch verletzt zu werden."

Mit zitternden Händen hob Nadja das steinerne Herz hoch und reichte es Anubis. Er nahm es vorsichtig entgegen und hielt es an seine Brust. Ein helles Licht erstrahlte, und das Herz verschmolz mit ihm.

Aber plötzlich wurde die Atmosphäre dunkler, und ein starker Wind wirbelte durch den Saal. Nadja fühlte, wie eine unsichtbare Kraft sie in die Tiefe der Pyramide zog. Sie schrie vor Angst.

Anubis rief: „Nadja! Halte durch!" Er streckte seine Hand aus und versuchte, sie zu erreichen.

Die Dunkelheit und der Wind wurden immer stärker. Nadja konnte kaum noch atmen. „Anubis!", schrie sie.

„Vertraue mir!", rief Anubis zurück und zog sie zu sich heran. Gemeinsam setzten sie all ihre Kraft ein und konzentrierten sich auf das steinerne Herz. Ein helles Licht durchbrach die Dunkelheit, und der Fluch wurde gebrochen.

Als sich der Staub gelegt hatte, standen Nadja und Anubis wieder im großen Saal, umgeben von Stille. Anubis, jetzt wieder ein mächtiger König, sah Nadja mit Dankbarkeit in den Augen an. „Ohne dich wäre ich verloren gewesen", sagte er.

Nadja lächelte schüchtern. „Ich bin froh, dass ich helfen konnte."

Anubis nahm ihre Hand. „Die Dunkelheit ist zwar für jetzt besiegt, aber sie wird wiederkommen. Aber solange wir zusammen sind, können wir alles schaffen."

Nadja nickte. „Wir sind bereit für das letzte Gefecht."

Die beiden verließen die Pyramide, Hand in Hand, bereit, sich jeder Bedrohung zu stellen, die auf sie zukommen würde.

Atmosphäre - atmosphere

Beleuchtete - illuminated

Bläuliches Licht - bluish light

Dankbarkeit - gratitude

Fluch - curse

Gefecht - battle, combat

Mächtigen - powerful

Neidisch - envious, jealous

Reines Herz - pure heart

Saals - hall's, of the hall

Schüchtern - shy

Schwächen - to weaken

Stille - silence, stillness

Traurigkeit - sadness

Verletzt - injured, hurt

Versteckt - hidden

Vordrang - pressed on, advanced

Wirbelte - swirled, whirled

Zitternden Händen - trembling hands

5. Das letzte Gefecht

Die Wüste war immer ein Ort der Extreme - von sengender Hitze am Tag bis zu eiskalten Nächten. Doch jetzt wurde sie von einer Dunkelheit heimgesucht, die noch nie jemand zuvor gesehen hatte. Aus dem stetig wehenden Sand erhob sich langsam eine gigantische Kreatur, ein Wesen aus Schatten und Dunkelheit. Es war, als hätte die Wüste selbst beschlossen, gegen Anubis und Nadja anzutreten.

Anubis, in voller Rüstung, stellte sich schützend vor Nadja. „Bist du bereit?", fragte er sie.

Nadja nickte, während sie ihren Stab fest umklammerte. „Ja, zusammen können wir alles schaffen."

Die Kreatur brüllte, ein ohrenbetäubendes Geräusch, das die Luft erzittern ließ. Mit jedem Schritt, den sie machte, verschlang die Dunkelheit das Licht der Umgebung.

Anubis stieß einen Kriegsruf aus und stürmte auf die Kreatur zu, während Nadja Zauber nach Zauber auf sie schleuderte. Doch trotz ihrer Bemühungen schien die Kreatur kaum beeindruckt zu sein. Jeder Zauber, jeder Angriff prallte an ihr ab, als wäre sie aus purem Stahl.

Das Monster schlug mit einer massiven Sandklaue nach Anubis, der gerade noch ausweichen konnte. „Wir müssen einen Weg finden, es zu schwächen!", rief er.

Nadja atmete tief durch und erinnerte sich an die Worte von Anubis über die innere Stärke. Sie schloss die Augen und konzentrierte sich. Als sie sie wieder öffnete, strahlten sie hell wie zwei Sterne. Sie reckte ihren Stab in die Luft und rief: „Licht, vertreibe die Dunkelheit!"

Ein intensiver Lichtstrahl schoss aus ihrem Stab und traf die Kreatur mitten ins Herz. Sie brüllte vor Schmerz und Wut.

Anubis ergriff seine Chance. Mit einem mächtigen Schlag seines Schwertes verletzte er die Kreatur schwer. Zusammen griffen sie immer wieder an, bis die riesige Kreatur schließlich mit einem letzten Brüllen zu Boden fiel und sich in Sand und Dunkelheit auflöste.

Erschöpft, aber siegreich, sanken Nadja und Anubis auf die Knie. Die Wüste war wieder hell, und der Frieden schien zurückgekehrt zu sein. Sie sahen sich an und lachten erleichtert.

„Wir haben es geschafft", sagte Nadja atemlos.

Anubis nickte. „Ja, dank dir. Du warst unglaublich."

Sie lächelte. „Wir waren beide unglaublich."

Sie standen auf und machten sich auf den Rückweg zu ihrem Dorf, bereit, den Frieden zu feiern. Doch während sie gingen, bemerkten sie nicht, wie sich tief unter dem Sand der Wüste etwas bewegte. Eine neue Bedrohung wartete bereits darauf, aus den Tiefen hervorzubrechen.

Beeindruckt - impressed

Brüllte - roared

Eiskalten Nächten - ice-cold nights

Ergriff - seized, grasped

Erinnerte - remembered

Erzittern - tremble, quiver

Hervorzubrechen - to break forth, emerge

Ohrenbetäubendes Geräusch - deafening noise

Rüstung - armor

Schützend - protectively

Sengender Hitze - scorching heat

Stab - staff, rod

Stahl - steel

Umklemmerte - clutched, gripped

Verletzte - injured

Verschlang - devoured, swallowed

Wehenden - blowing, waving

Zauber - magic, spell

6. Das Erwachen der alten Götter

Die sengende Sonne brannte auf die Wüste nieder, als plötzlich ein tiefes, grollendes Geräusch die Stille durchbrach. Der Sand bewegte sich, und überall schossen gigantische Statuen aus dem Boden, die das Abbild der alten Götter Ägyptens trugen. Sie bewegten sich, ihre Augen glühten, und es war klar: Sie waren lebendig und hatten einen klaren Auftrag.

Nadja blickte fasziniert und zugleich erschrocken auf die gigantischen Figuren. „Was ist das, Anubis?", fragte sie atemlos.

Anubis' Blick war ernst. „Die alten Götter. Sie sind zurückgekehrt."

Bevor sie reagieren konnten, waren die Götter schon bei ihnen. Sie sprachen in einer alten Sprache, doch ihre Botschaft war klar: Sie wollten ihr Land zurück.

Anubis wusste, dass sie alleine keine Chance gegen diese Mächte hatten. „Wir müssen Hilfe suchen", sagte er zu Nadja.

Während die alten Götter begannen, das Land zu übernehmen, eilten Anubis und Nadja zu anderen Tempeln, um die Hilfe anderer Gottheiten zu suchen. Sie trafen auf Isis, die Göttin des Himmels, und Horus, den Falkengott.

„Die alten Götter sind mächtig, aber wir können sie gemeinsam besiegen", sagte Isis mit fester Stimme.

Horus nickte zustimmend. „Wir müssen unsere Kräfte bündeln."

Während die Vorbereitungen für die große Schlacht liefen, erkannten Anubis und Nadja, dass sie gegenüber den Göttern einen Vorteil hatten: Ihre unerschütterliche Liebe und den unbedingten Zusammenhalt.

Die Schlacht begann im Morgengrauen. Die alten Götter, mit ihren unglaublichen Kräften, griffen ohne Gnade an. Doch die vereinten Gottheiten, angeführt von Anubis und Nadja, hielten stand.

Der Sand der Wüste wirbelte auf, und überall waren Blitze, Feuer und Explosionen zu sehen. Es war ein Kampf, wie ihn das Land noch nie gesehen hatte.

In einem entscheidenden Moment des Kampfes wandte sich Nadja an Anubis. „Wir müssen sie mit ihrer eigenen Macht besiegen!"

Anubis nickte und rief den anderen Gottheiten zu: „Verbindet eure Kräfte!"

Mit vereinten Kräften schufen sie einen Strudel aus Licht und Energie, der die alten Götter ergriff und sie zurück in die Tiefen der Erde zog.

Als die Dunkelheit sich verzog und die Sonne wieder schien, war der Sieg klar. Die alten Götter waren besiegt.

Das gesamte Land feierte Anubis, Nadja und die anderen Gottheiten als Helden. Sie hatten das Land gerettet und den Frieden wiederhergestellt.

Doch in der Stille der Wüste, tief unter dem Sand, regte sich etwas. Eine alte Macht, älter als die Götter selbst, wartete auf ihren Moment. Sie hatte beobachtet und gelernt. Und sie war bereit, Rache zu nehmen.

Abbild - image, likeness

Atemlos - breathless

Begannen - began, started

Botschaft - message, embassy (in this context, "message")

Bündeln - bundle, combine

Erschrocken - frightened, scared

Falkengott - falcon god

Gnade - mercy, grace

Grollendes Geräusch - rumbling noise

Morgengrauen - dawn

Rache - revenge, vengeance

Strudel - whirlpool, maelstrom (in this context, "vortex")

Übernehmen - take over

Unbedingten - unconditional

Unererschütterliche - unshakeable, steadfast

Unerschütterliche Liebe - unshakeable love

Verbindet - connect, join

Vereinten - united

Verzog - cleared up (in the context of "the darkness cleared")

Wirbelte - swirled, whirled

Das Meeresungeheuer

1. Der Angriff

Es war ein friedlicher Morgen im Küstendorf Seeblick. Die Sonne schien hell, und die Vögel sangen ihre fröhlichen Lieder. Doch diese Ruhe sollte nicht lange anhalten.

Als das Ungeheuer aus den Wellen auftauchte, erstreckte sich sein riesiger Körper über den gesamten Horizont, und seine Augen funkelten gefährlich. Seine Schuppen glänzten im Sonnenlicht, und sein Brüllen hallte in den Ohren der Dorfbewohner wider.

Marie, eine junge Mutter mit langen braunen Haaren, stand mit ihren beiden Kindern, Lena und Max, am Hafen und beobachtete die spielenden Möwen. Als sie das Ungeheuer sah, weiteten sich ihre Augen vor Schreck. Ohne zu zögern, packte sie ihre Kinder an den Händen und schrie: „Lauf! Lauf!" Die drei rannten so schnell sie konnten weg vom Hafen und in Richtung der Dorfmitte.

Neben ihnen rannte Thomas, ein älterer Mann mit einem grauen Bart. Er hatte in seinem Leben schon viele Stürme erlebt, aber noch nie so etwas. Er rief panisch: „Wir müssen uns verstecken! Findet Schutz!"

Die Menschen rannten in alle Richtungen. Einige versuchten, ihre Habseligkeiten zu retten, während andere ihre Liebsten suchten. In der Ferne konnte man das Krachen der zerstörten Schiffe und das wütende Brüllen des Ungeheuers hören.

Ein junger Fischer namens Lukas versuchte, die Menschen zu beruhigen. „Zum Marktplatz! Wir können uns dort sammeln!" rief er, während er eine ältere Frau unterstützte, die Schwierigkeiten hatte, sich fortzubewegen.

„Was ist das für ein Ungeheuer?" fragte Lena, während sie an der Hand ihrer Mutter zog.

Marie, die noch immer versuchte, ihren Atem zu fangen, antwortete: „Ich weiß es nicht, Schatz. Aber wir müssen jetzt stark sein."

Während die Bewohner sich bemühten, sich in Sicherheit zu bringen, formierte sich am Himmel ein dunkler Sturm, der das drohende Unheil noch verstärkte. Das Ungeheuer schien mit jeder Sekunde mächtiger zu werden.

Inmitten der Panik stand ein alter Fischer namens Johann. Er beobachtete das Ungeheuer mit ernstem Blick. „Ich habe euch gewarnt", murmelte er. „Ich habe dieses Ungeheuer schon einmal gesehen."

Die Dorfbewohner versammelten sich um Johann. „Was sollen wir tun?", fragte einer von ihnen.

Johann antwortete: „Wir müssen das Militär rufen. Sie haben die Mittel, um gegen solch ein Ungeheuer zu kämpfen."

Während sie auf das Militär warteten, meldete sich ein junger Soldat namens Felix freiwillig. „Ich werde gegen das Ungeheuer kämpfen", sagte er mutig.

Johann sah Felix an und nickte. „Hier", sagte er und gab ihm eine alte, rostige Harpune. „Diese Harpune hat eine besondere Geschichte. Sie kann das Ungeheuer verletzen."

Felix nahm die Harpune und bereitete sich auf den Kampf vor. „Ich werde mein Bestes tun", versprach er.

Bei Sonnenuntergang kehrte das Ungeheuer zurück. Es brüllte laut und stürzte sich auf das Dorf. Das Militär feuerte auf das Ungeheuer, aber es schien unverwundbar zu sein.

Dann sprang Felix mutig vor und schleuderte die Harpune mit all seiner Kraft. Sie traf das Ungeheuer direkt ins Herz. Es brüllte vor Schmerz und zog sich ins Meer zurück.

Das Dorf jubelte und feierte Felix als Helden. Doch inmitten der Feierlichkeiten warnte Johann: „Es wird zurückkehren. Wir müssen vorbereitet sein."

Felix sah in den Horizont. „Wenn es zurückkommt, werden wir bereit sein", sagte er entschlossen. Und so endete der erste Angriff des Ungeheuers auf das Dorf Seeblick.

Atem zu fangen - to catch one's breath

Auftauchte - emerged, appeared

Brüllen - roar

Erstreckte sich - stretched out, extended

Feierlichkeiten - festivities, celebrations

Fern - distant, afar

Funkelten - sparkled, gleamed

Grauen Bart - grey beard

Habseligkeiten - belongings, possessions

Harpune - harpoon

Himmel - sky

Jubelte - cheered

Militär - military

Möwen - seagulls

Panik - panic

Rostige - rusty

Schuppen - scales

Sturm - storm

Ungeheuer - monster, creature

Verstärkte - intensified, reinforced

Wütende - furious, raging

2. Das Geheimnis der Meerjungfrau

Nach dem Angriff des Ungeheuers herrschte im Dorf Seeblick eine angespannte Ruhe. Die Menschen versuchten, ihr Leben wieder aufzunehmen, aber das Trauma des Angriffs war überall spürbar.

Eines Morgens, als die Sonne gerade aufging, bemerkten einige Dorfbewohner ein seltsames Bild auf dem Hauptplatz. Es zeigte eine wunderschöne Meerjungfrau mit langen, goldenen Haaren und einem schimmernden Schwanz. Das Bild schien über Nacht aufgetaucht zu sein.

„Was ist das?" fragte ein alter Mann. „Woher kommt dieses Bild?"

„Ich habe es noch nie gesehen", sagte eine Frau. „Es ist so schön."

Felix, der Held vom letzten Angriff, kam neugierig näher und betrachtete das Bild. Plötzlich hörte er eine sanfte Stimme in seinem Kopf: „Felix, ich brauche deine Hilfe."

Er blickte sich um, konnte aber niemanden sehen, der gesprochen haben könnte. Dann bemerkte er, dass die Augen der Meerjungfrau im Bild zu leuchten schienen. Er trat näher heran und hörte die Stimme erneut.

„Ich bin Lina, die Meerjungfrau aus dem Bild", sagte die Stimme. „Das Ungeheuer hat mein Königreich zerstört. Ich brauche deine Hilfe, um es zu besiegen."

Felix war verblüfft. „Wie kann ich helfen?", fragte er.

Lina antwortete: „Wir müssen einen Plan schmieden. Das Ungeheuer hat eine Schwachstelle, aber sie ist gut versteckt."

Felix nickte entschlossen. „Zeig mir den Weg."

Die beiden begannen, in den alten Büchern des Dorfes zu suchen. Sie suchten nach Legenden und alten Karten, die Hinweise auf die Schwachstelle des Ungeheuers geben könnten. Nach mehreren Tagen fanden sie schließlich eine alte Seekarte, die ein verstecktes Riff zeigte.

„Das könnte es sein", sagte Lina hoffnungsvoll. „Aber wir müssen sicher sein."

Die beiden beschlossen, sich auf eine gefährliche Reise ins Meer zu begeben. Sie wollten das Riff finden und herausfinden, ob es wirklich die Schwachstelle des Ungeheuers war.

Auf ihrer Reise trafen sie auf viele verschiedene Meereskreaturen. Einige waren freundlich und halfen ihnen, während andere versuchten, sie aufzuhalten. Sie begegneten einem alten Seepferdchen, das ihnen den Weg zu einem verborgenen Höhlensystem zeigte, und einer Gruppe von Delfinen, die sie vor gefährlichen Haien warnten.

Nach mehreren Tagen erreichten sie schließlich das Riff. Sie tauchten hinab und entdeckten eine kleine Höhle. In der Höhle fanden sie ein altes Artefakt, das aussah wie ein Kristallherz.

„Das ist es", sagte Lina aufgeregt. „Das ist die Schwachstelle des Ungeheuers."

Aber ihre Freude war von kurzer Dauer. Plötzlich hörten sie das laute Brüllen des Ungeheuers. Es hatte sie verfolgt und war nun direkt über ihnen.

„Wir müssen fliehen!", rief Felix.

Die beiden schwammen so schnell sie konnten zurück zum Dorf. Sie wussten, dass sie jetzt die Waffe hatten, um das Ungeheuer zu besiegen, aber es würde nicht einfach werden.

Als sie das Dorf erreichten, wurden sie von den Bewohnern bejubelt. Aber Felix wusste, dass die wahre Schlacht noch bevorstand. Mit Lina an seiner Seite war er jedoch bereit, alles zu tun, um das Ungeheuer ein für alle Mal zu besiegen.

Angespannte Ruhe - tense calm, tense silence

Artefakt - artifact

Aufgeregt - excited

Aufnahmen - resumed, took up again

Bejubelt - cheered, celebrated

Hauptplatz - main square

Höhle - cave

Höhlensystem - cave system

Königreich - kingdom

Meerjungfrau - mermaid

Neugierig - curious

Riff - reef

Sanfte - gentle, soft

Schimmernden - shimmering, gleaming

Schwachstelle - weak point, vulnerability

Schwanz - tail

Seekarte - sea chart

Seepferdchen - seahorse

Trauma - trauma

Verblüfft - astonished, stunned

Verborgenen - hidden, concealed

Verstecktes - hidden

3. Die Vorbereitung

Die Sonne stand hoch am Himmel, als Felix und Lina, die Meerjungfrau, ins Dorf Seeblick zurückkehrten. Ihre Rückkehr wurde von den Dorfbewohnern mit gemischten Gefühlen begrüßt - Freude über ihre sichere Rückkehr, aber auch Angst vor dem bevorstehenden Kampf.

„Felix! Du bist zurück!", rief Anna, eine junge Frau aus dem Dorf, als sie ihn sah.

„Ja, und wir haben etwas gefunden, das uns helfen kann", antwortete Felix und zeigte den Kristall.

Johann trat vor. „Das ist gut. Aber wir müssen uns vorbereiten. Das Ungeheuer wird zurückkommen."

Das gesamte Dorf versammelte sich auf dem Marktplatz. Felix erklärte den Plan. „Wir müssen uns verteidigen und gleichzeitig das Ungeheuer angreifen", sagte er.

„Wir brauchen eine starke Waffe", sagte Johann und ging zu seiner Schmiede. Stunden später kam er mit einer glänzenden Harpune zurück, die speziell entwickelt wurde, um den Kristall zu tragen. „Das wird die Schwachstelle des Ungeheuers durchdringen", erklärte er stolz.

Unter der Leitung von Johann und Felix begannen die Bewohner, Barrikaden zu errichten und Verteidigungsanlagen vorzubereiten. Sie bauten Mauern und gruben Gräben. Das gesamte Dorf arbeitete zusammen, um sich auf den bevorstehenden Angriff vorzubereiten.

Am Abend saß Felix am Strand und beobachtete die Wellen. Lina gesellte sich zu ihm. „Ich werde dir zeigen, wie man unter Wasser kämpft", sagte sie. In den nächsten Stunden lehrte Lina Felix die Kunst des Unterwasserkampfes. Sie zeigte ihm, wie man sich schnell bewegt, wie man atmet und wie man das Wasser als Waffe nutzt.

Währenddessen trafen sich die Militäroffiziere, um ihre Strategie zu besprechen. „Wir müssen das Ungeheuer ablenken, während Felix es angreift", sagte der Hauptmann.

„Ja, und wir müssen es in eine Falle locken", fügte ein anderer Offizier hinzu.

In dieser Nacht, als der Mond hoch am Himmel stand, saßen Felix und Lina am Feuer. „Ich habe Angst", gestand Lina. „Aber ich glaube an dich."

Felix lächelte. „Wir werden das zusammen schaffen", sagte er und nahm ihre Hand.

Am nächsten Morgen spürten alle die Spannung in der Luft. Dunkle Wolken zogen am Himmel auf, und ein kalter Wind wehte. Das Ungeheuer näherte sich mit rasender Geschwindigkeit.

„Es kommt!", rief ein Wachmann.

Die Dorfbewohner versammelten sich hinter den Barrikaden, bereit zum Kampf. Frauen, Männer, alte und junge - alle waren bereit, ihr Zuhause zu verteidigen.

In der Ferne wurde das Brüllen des Ungeheuers lauter und lauter. Und dann, mit einem gewaltigen Krachen, stieß es aus dem Meer hervor.

„Jetzt!", rief Felix und signalisierte dem Militär, den Angriff zu beginnen.

Pfeile flogen durch die Luft, Kanonen feuerten, und die mutigsten Krieger stürmten vor, um das Ungeheuer direkt zu bekämpfen. Doch das Ungeheuer war mächtig und schlug mit seinen riesigen Klauen und seinem Schwanz um sich.

Während des Kampfes führte Lina Felix zu dem Punkt, an dem sie das Ungeheuer angreifen mussten. Sie schwammen schnell durch das Wasser, weichen den Angriffen des Ungeheuers aus.

„Jetzt, Felix!", rief Lina, als sie die Schwachstelle erreichten.

Mit all seiner Kraft stieß Felix die Harpune in das Ungeheuer. Es brüllte vor Schmerz und Wut.

Ein gewaltiger Sturm zog auf, und Blitze zuckten über den Himmel. Regen prasselte nieder, und Wellen stürzten über das Land.

Doch trotz der überwältigenden Macht des Ungeheuers und des Sturms kämpften die Bewohner von Seeblick mutig weiter. Sie wussten, dass sie nur zusammen das Ungeheuer besiegen konnten.

Inmitten des Chaos und des Kampfes blieb die Hoffnung bestehen. Und diese Hoffnung gab ihnen die Kraft, weiterzumachen.

Ablenken - to distract

Angreifen - to attack

Barrikaden - barricades

Bevorstehenden - impending, upcoming

Durchdringen - to penetrate

Falle - trap

Gemischten Gefühlen - mixed feelings

Geschwindigkeit - speed

Gestand - confessed, admitted

Gräben - trenches

Harpune - harpoon

Hauptmann - captain

Kampf - fight, battle

Klauen - claws

Krachen - crash, bang

Militäroffiziere - military officers

Prasselte - pattered, rained down

Schmiede - forge, smithy

Signalisierte - signaled

Strategie - strategy

Sturm - storm

Verteidigen - to defend

Verteidigungsanlagen - defense installations

Vorbereiten - to prepare

Waffe - weapon

Wachmann - guard

Zuhause - home

4. Die Schlacht

Das Brüllen des Ungeheuers durchbrach die Stille des Morgens, als es mit all seiner Macht auf das Dorf Seeblick zustürmte. Die Wellen stiegen an und überschwemmten den Hafen. Schreie hallten durch die Luft, und der Himmel verdunkelte sich.

Felix blickte auf das herannahende Ungeheuer und spürte eine Mischung aus Angst und Entschlossenheit. Er packte die Harpune fester und nickte Lina zu. „Wir müssen es von unten angreifen!", rief er.

Lina nickte zustimmend. „Ich kenne einen Unterwassertunnel, der uns direkt unter das Ungeheuer führen kann."

Die beiden tauchten ins Meer und schwammen mit rasender Geschwindigkeit in die Tiefe. Das Wasser um sie herum war dunkel und kalt, aber sie ließen sich nicht aufhalten.

Oben an der Oberfläche kämpfte das Militär tapfer gegen das Ungeheuer. Sie setzten ihre neuen Strategien ein, feuerten Kanonen ab und lenkten es mit großen Netzen ab. Aber das Ungeheuer war zu mächtig. Mit einem einzigen Schwanzschlag zerstörte es Gebäude und warf Menschen in die Luft.

Inmitten des Chaos rief der Hauptmann des Militärs: „Haltet durch! Wir dürfen nicht aufgeben!"

Das Dorf war schwer beschädigt. Überall brannten Häuser, und der Boden war mit Trümmern übersät. Aber trotz der Zerstörung kämpften die Bewohner von Seeblick weiter. Sie wussten, dass dies ihre letzte Chance war, ihr Zuhause zu retten.

Unter Wasser erreichten Felix und Lina schließlich die Schwachstelle des Ungeheuers. Felix zielte mit der Harpune und stieß zu. Das Ungeheuer brüllte vor Schmerz und Wut. Es wurde wütend und entfesselte seine volle Kraft.

Wasserwirbel zogen Felix und Lina in verschiedene Richtungen. Felix versuchte, sich festzuhalten, aber die Strömung war zu stark. In diesem Moment sah er, wie Lina von einer der Klauen des Ungeheuers ergriffen wurde.

„Nein!", schrie Felix.

Lina blickte ihn an, ihre Augen voller Tränen. „Felix, du musst weiterkämpfen", rief sie, bevor sie von der Klaue des Ungeheuers zerquetscht wurde.

Felix spürte einen stechenden Schmerz in seiner Brust. Er konnte nicht fassen, was gerade passiert war. Aber er wusste, dass er weiterkämpfen musste. Mit neuer Entschlossenheit schwamm er zurück zur Oberfläche und griff das Ungeheuer erneut an.

Der Kampf dauerte stundenlang. Aber schließlich, mit der Hilfe des gesamten Dorfes, wurde das Ungeheuer schwer verletzt und zog sich zurück.

Die Bewohner von Seeblick jubelten, aber der Sieg war bittersüß. Das Dorf war fast völlig zerstört, und viele hatten ihr Leben verloren.

Am nächsten Tag versammelten sich die Überlebenden auf dem Marktplatz, um der Verlorenen zu gedenken. Eine Stille legte sich über das Dorf, als sie an die tapferen Kämpfer dachten, die ihr Leben gegeben hatten.

Felix stand allein am Strand und blickte auf das Meer hinaus. Er dachte an Lina und die Opfer, die sie gebracht hatte. Eine Träne rollte über seine Wange.

„Ich werde dich rächen, Lina", flüsterte er. „Das verspreche ich."

Und so endete die Schlacht von Seeblick. Aber für Felix war es erst der Anfang.

Angreifen - to attack

Beschädigt - damaged

Bittersüß - bittersweet

Durchbrach - broke through

Entfesseln - to unleash

Entschlossenheit - determination, resolve

Ergriffen - seized, grabbed

Flüsterte - whispered

Gedenken - to commemorate

Heraus - out (as in "looking out to the sea")

Herannahende - approaching

Klaue - claw

Mischung - mixture

Netze - nets

Opfer - sacrifice, victim

Schwanzschlag - tail swipe

Stechender Schmerz - piercing/stinging pain

Strömung - current (of water)

Tapfer - brave

Tränen - tears

Trümmern - debris

Unterwassertunnel - underwater tunnel

Übersät - strewn, scattered

Wasserwirbel - whirlpool, water vortex

Zerquetscht - crushed

5. Die Verfolgung

Felix stand am Ufer und starrte auf das endlose Meer hinaus. Die Erinnerung an die Meerjungfrau Lina war noch frisch, und der Schmerz ihres Verlusts wog schwer auf ihm. Doch tief in seinem Herzen spürte er einen brennenden Wunsch: Er wollte das Ungeheuer finden und endgültig besiegen.

Entschlossen kehrte er ins Dorf zurück und suchte Johann auf. „Ich werde das Ungeheuer in seine Höhle verfolgen und es für immer besiegen", erklärte er dem alten Fischer.

Johann nickte bedächtig. „Das ist gefährlich, junger Mann. Aber ich verstehe deinen Wunsch. Nimm meine Waffe", sagte er und überreichte Felix die glänzende Harpune.

Mit der Waffe in der Hand machte sich Felix auf den Weg. Er wusste, dass es nicht leicht werden würde, aber er war entschlossen.

Während seiner Reise durch das Meer begegnete er verschiedenen Meereskreaturen. Ein Schwarm bunter Fische führte ihn durch gefährliche Strömungen. Ein weiser alter Wal gab ihm Ratschläge und erzählte ihm von der geheimen Höhle des Ungeheuers.

„Sei vorsichtig, junger Mensch", warnte der Wal. „Das Ungeheuer ist verletzt, aber es ist immer noch gefährlich."

Nach Tagen des Suchens entdeckte Felix schließlich die dunkle Höhle des Ungeheuers. Sie lag tief unten am Meeresgrund, versteckt zwischen riesigen Felsformationen.

Mit angehaltenem Atem und der Harpune fest in der Hand näherte sich Felix der Höhle. Er schlich leise hinein und sah das Ungeheuer. Es lag da, verletzt und schwach, aber immer noch furchterregend.

Felix zögerte. Er stand vor einer schwierigen Entscheidung. Sollte er das Ungeheuer töten und Rache für Lina nehmen? Oder sollte er Mitleid haben und es verschonen?

In diesem Moment erinnerte er sich an Linas Worte: „Hass ist nicht der Weg. Liebe und Verständnis sind stärker."

Felix senkte die Harpune. „Ich werde dich nicht töten", sagte er leise zum Ungeheuer. „Aber du musst uns in Frieden lassen."

Er drehte sich um und verließ die Höhle. Doch als er ins Freie trat, hörte er ein Brüllen hinter sich. Das Ungeheuer war aufgewacht und folgte ihm.

Felix schwamm so schnell er konnte, aber das Ungeheuer war schneller. Es kam näher und näher.

„Ich bin bereit", dachte Felix und hielt die Harpune fest.

Das Ungeheuer stürzte sich auf ihn, aber in letzter Sekunde tauchte der weise alte Wal auf und stellte sich zwischen Felix und das Ungeheuer.

„Geh zurück in deine Höhle!", brüllte der Wal.

Das Ungeheuer zögerte, dann drehte es sich um und verschwand in der Dunkelheit.

Felix war erschöpft, aber erleichtert. „Danke", sagte er zum Wal.

„Du hast eine weise Entscheidung getroffen", antwortete der Wal. „Manchmal ist es besser, zu verstehen als zu kämpfen."

Felix nickte. „Ich habe heute viel gelernt."

Er kehrte nach Seeblick zurück, wo er als Held gefeiert wurde. Aber er wusste, dass der wahre Sieg darin bestand, Mitleid und Verständnis zu zeigen, anstatt Rache zu suchen.

Und so endete das Abenteuer von Felix, dem mutigen Jungen aus Seeblick, der das Herz eines Helden hatte.

Angehaltenem Atem - bated breath

Bedächtig - deliberate, thoughtful

Begegnete - encountered

Entscheidung - decision

Erinnerte - remembered

Erleichtert - relieved

Felsformationen - rock formations

Furchterregend - terrifying

Geführt - led

Höhle - cave

Meeresgrund - seabed, ocean floor

Mitleid - compassion, pity

Ratschläge - advice

Schlich - sneaked, crept

Strömungen - currents

Ufer - shore

Verschonen - to spare

Versteckt - hidden

Vorsichtig - careful, cautious

Waffe - weapon

Weise - wise

6. Das Ende des Ungeheuers

Der Ozean rauschte, als Felix und das Ungeheuer sich erneut gegenüberstanden. Die Spannung in der Luft war spürbar. Das Ungeheuer, das einst das Dorf Seeblick bedrohte, war jetzt verletzt, aber nicht besiegt. Es brüllte und zeigte seine gewaltigen Klauen, bereit, Felix mit aller Macht anzugreifen.

Felix, fest entschlossen, das Ungeheuer ein für alle Mal zu stoppen, hielt Johanns glänzende Harpune fest in seiner Hand. Er atmete tief durch, bereit für den entscheidenden Kampf.

Mit einem gewaltigen Sprung stürzte sich das Ungeheuer auf Felix. Die Kraft des Angriffs war überwältigend. Aber Felix wich geschickt aus und nutzte seine neugewonnenen Fähigkeiten im Unterwasserkampf.

Sie kämpften verbissen, wobei das Ungeheuer seine ganze Kraft und Wut entfesselte. Jeder Schlag, jede Bewegung war entscheidend. Aber Felix, angetrieben von seinem Wunsch, das Dorf und die Erinnerung an Lina zu schützen, gab nicht nach.

In einem entscheidenden Moment nutzte das Ungeheuer seine letzte verbleibende Kraft und stürmte auf Felix zu. Doch mit einem mutigen Schritt nach vorne stieß Felix Johanns Harpune tief in die Schwachstelle des Ungeheuers.

Ein markerschütternder Schrei hallte durch das Wasser, und das Ungeheuer begann, sich in Schmerzen zu winden. Und dann, langsam, sank es in die dunklen Tiefen des Meeres, tot.

Felix, völlig erschöpft von dem Kampf, schwamm mühsam zur Oberfläche. Er atmete tief durch, die Erleichterung und der Schmerz waren gleichermaßen in seinem Herzen.

Als er ins Dorf Seeblick zurückkehrte, wurde er von den Dorfbewohnern jubelnd begrüßt. Sie umarmten ihn, klatschten Beifall und nannten ihn einen Helden. Die Gefahr war vorbei, und das Dorf konnte endlich anfangen, sich vom Angriff des Ungeheuers zu erholen.

Aber trotz des Jubels und der Feierlichkeiten konnte Felix nicht wirklich froh sein. Er dachte an Lina, die mutige Meerjungfrau, die ihr Leben geopfert hatte, um ihn zu retten.

In den folgenden Tagen wurde mit dem Wiederaufbau des Dorfes begonnen. Gebäude wurden repariert, und das Leben begann wieder seinen normalen Gang zu nehmen.

Um die Erinnerung an Lina und das Ungeheuer zu ehren, beschlossen die Dorfbewohner, ein Denkmal zu errichten. Es war eine wunderschöne Statue, die eine Meerjungfrau und ein Ungeheuer zeigte, in einem ewigen Tanz aus Kampf und Liebe.

Felix besuchte oft das Denkmal. Er legte Blumen nieder und dachte an die mutige Meerjungfrau, die ihm so viel beigebracht hatte.

Die Jahre vergingen, und die Wunden des Angriffs heilten langsam. Aber die Legende von Felix, dem Helden von Seeblick, und dem furchterregenden Ungeheuer blieb bestehen. Es wurde von Generation zu Generation weitergegeben, eine ewige Erinnerung an Mut, Opfer und Liebe.

Angetrieben - driven, propelled

Anzugreifen - to attack

Beifall - applause

Besiegt - defeated

Denkmal - monument

Erschöpft - exhausted

Fest entschlossen - firmly resolved, determined

Gewaltigen - massive, mighty

Markerschütternder - harrowing, bloodcurdling

Neugewonnenen - newfound

Opfer - sacrifice

Rauschte - rustled, roared

Sank - sank

Schwachstelle - weak point

Spannung - tension

Statue - statue

Stürmte - stormed, rushed

Überwältigend - overwhelming

Verbissen - fiercely, doggedly

Wiederaufbau - reconstruction, rebuilding

Winden - to writhe, twist

Der Menschenfresser

1. Die plötzliche Erscheinung

In der Dunkelheit der Nacht wanderte Johann alleine durch den dichten Wald. Der Nebel schlängelte sich um die Bäume und machte die Atmosphäre noch unheimlicher. Der Wald war so still, dass er sein eigenes Atmen hören konnte.

Plötzlich hörte er ein leises Flüstern. „Ist da jemand?" dachte Johann und blieb stehen, um genauer hinzuhören. Das Flüstern kam aus einer bestimmten Richtung, und neugierig, wie er war, beschloss er, dem Geräusch zu folgen.

Während er vorsichtig ging, stolperte er plötzlich über eine Wurzel und fand sich auf einem versteckten Pfad wieder. Der Weg war umgeben von alten, knorrigen Bäumen, die im Nebel noch gespenstischer aussahen. Johann fühlte eine merkwürdige Anziehungskraft, die ihn weiter den Pfad entlang führte.

Am Ende des Pfads öffnete sich der Wald zu einer funkelnden Lichtung. Im Zentrum der Lichtung schwebte eine wunderschöne Waldfee mit leuchtend blauen Augen und schimmernden Flügeln. Johann blieb wie angewurzelt stehen, völlig verzaubert von ihrer Schönheit.

„Hallo, Johann," sagte die Fee mit einer Stimme so klar wie Glockengeläut. „Wie kennst du meinen Namen?" fragte Johann, verwirrt und fasziniert zugleich.

„Im Wald weiß man viele Dinge," antwortete sie geheimnisvoll. „Aber ich habe nicht viel Zeit. Du musst mir zuhören!"

Johann nickte, immer noch hypnotisiert von ihren funkelnden Augen. „Es gibt ein Ungeheuer in diesem Wald, ein Menschenfresser. Er hat schon viele Menschen verschlungen, die sich hierher verirrt haben. Du musst sehr vorsichtig sein."

Ehe Johann etwas sagen konnte, spürte er einen eisigen Windzug und ein dunkler Schatten fiel über die Lichtung. Die Waldfee sah besorgt aus. „Er kommt," flüsterte sie. „Du musst sofort gehen! Such Schutz!"

Aber bevor Johann reagieren konnte, verschwand die Fee in einem Blitz aus funkelndem Licht. Panisch sah er sich um und hörte in der Ferne ein tiefes, grollendes Brüllen. Die Bäume schienen sich vor Angst zu biegen, und der Boden unter seinen Füßen vibrierte.

Ohne zu überlegen, rannte Johann so schnell er konnte. Das Brüllen kam immer näher, und er konnte das schwere Atmen des Ungeheuers hören, das ihm folgte. Sein Herz schlug so laut, dass er dachte, es würde aus seiner Brust springen.

Nach einer gefühlten Ewigkeit sah er ein altes, verfallenes Haus zwischen den Bäumen. Ohne zu zögern, rannte er hinein und verbarrikadierte die Tür mit einem alten Holzbrett.

Erschöpft sank er zu Boden. Die Dunkelheit des Hauses war erdrückend, und er konnte sein eigenes Herz pochen hören. Johann wusste, dass er nicht sicher war, aber für den Moment schien das Ungeheuer verschwunden zu sein.

Er dachte an die Waldfee und an ihre Warnung. Was war das für ein Ungeheuer, das im Wald sein Unwesen trieb? Warum hatte die Fee ihm geholfen? Und wie sollte er jetzt aus diesem Wald herauskommen?

Viele Fragen wirbelten in Johanns Kopf herum, aber er wusste, dass er Antworten finden musste, bevor die Nacht vorbei war. Er konnte nur hoffen, dass er die Gelegenheit dazu bekommen würde.

Anziehungskraft - attraction, force of attraction

Atmen - to breathe

Beschloss - decided

Biegen - to bend

Erscheinung - appearance, apparition

Erdrückend - oppressive

Flüstern - whisper

Gespenstischer - ghostly

Glockengeläut - chime of bells

Grollendes - rumbling

Knorrigen - gnarled

Lichtung - clearing

Menschenfresser - man-eater, cannibal

Merkwürdige - strange, odd

Pochen - thud, beat

Schlängelte - snaked, meandered

Unheimlicher - eerie, more uncanny

Verbarrikadierte - barricaded

Verfallenes - dilapidated

Verirrt - lost, strayed

Verzaubert - enchanted

Vibrierte - vibrated

Windzug - gust of wind

Zögern - to hesitate

2. Das verlassene Haus

Johann, immer noch außer Atem von der Verfolgungsjagd, versuchte, sich im Dunkeln des Hauses zurechtzufinden. Das einzige Licht, das hereinkam, war das schwache Schimmern des Mondes durch die zerrissenen Vorhänge. Seltsame Geräusche erfüllten die Stille - das Knarren von Holz, das Tropfen von Wasser und ein fernes Wispern.

In der Ecke des Raumes stand ein alter Holztisch, auf dem verstaubte Fotos verstreut waren. Johann zog eine Kerze und ein Streichholz aus seiner Tasche und zündete die Kerze an. Er nahm eines der Fotos und betrachtete es im flackernden Kerzenschein. Es zeigte eine Familie, die vor dem Haus posierte, in dem er sich jetzt befand. Sie lächelten glücklich in die Kamera, aber ihre Augen wirkten traurig und leer. Er fragte sich, wer sie waren und was mit ihnen passiert sein könnte.

Während er sich die Fotos ansah, bemerkte er, dass das Haus im Laufe der Jahre viele Bewohner gehabt haben musste. Einige Fotos sahen sehr alt aus, fast wie aus einem anderen Jahrhundert, während andere neuer waren. Aber allen war gemein, dass das Haus im Hintergrund immer gleich aussah - groß, einschüchternd und irgendwie fehl am Platz inmitten des dunklen Waldes.

Ein plötzliches Knarren ließ ihn zusammenzucken. Es kam von oben, von den Treppenstufen. Johann hörte Schritte, die immer näher kamen. Instinktiv versteckte er sich hinter einem alten, umgestürzten Schrank und hielt den Atem an.

Die Schritte wurden lauter, und bald konnte er eine dunkle Gestalt erkennen, die die Treppe herunterkam. Die Gestalt bewegte sich langsam, als würde sie nach etwas suchen. Johanns Herz raste. Er drückte sich so fest wie möglich gegen die Wand und betete, dass er nicht entdeckt würde.

Nach gefühlten Stunden zog sich die dunkle Gestalt zurück und verschwand durch eine Tür am anderen Ende des Raumes. Johann wartete noch einige Minuten, bevor er sich wagte, wieder hervorzukommen.

Im Raum entdeckte er eine andere Tür, die leicht angelehnt war. Neugierig öffnete er sie vorsichtig und fand eine schmale Treppe, die in einen Keller führte. Trotz seiner Angst entschied er sich, hinunterzugehen, in der Hoffnung, einen anderen Ausweg zu finden.

Der Keller war kalt und feucht. An den Wänden entdeckte Johann merkwürdige Symbole, die er noch nie zuvor gesehen hatte. Sie waren in schwarzer Farbe gemalt und schienen in einer Sprache oder einem Code zu sein, den er nicht verstand.

Während er die Symbole betrachtete, spürte er wieder den kühlen Hauch, den er zuvor in der Nähe der Waldfee gespürt hatte. Ein Schauer lief ihm über den Rücken. Er hatte das Gefühl, beobachtet zu werden.

Plötzlich bewegte sich im Dunkeln des Kellers ein Schatten. Johann erstarrte. Er konnte nicht genau erkennen, was es war, aber es schien sich auf ihn zuzubewegen.

„Was willst du hier?" flüsterte eine Stimme aus der Dunkelheit.

Johann schluckte schwer. „Ich... ich habe mich nur verirrt," stammelte er.

Die Stimme lachte leise. „Das haben sie alle gesagt," antwortete sie, „aber keiner von ihnen ist jemals wieder herausgekommen."

Johanns Augen weiteten sich vor Angst. Er wusste, dass er schnell handeln musste, wenn er hier lebend herauskommen wollte. Er dachte an die Waldfee, an ihre Warnung und an das Ungeheuer, das draußen im Wald auf ihn lauerte. Er war gefangen zwischen zwei Gefahren und wusste nicht, wem er trauen konnte.

Mit zitternden Händen zog er das Streichholz aus seiner Tasche und zündete es an. Der flackernde Schein beleuchtete den Keller und zeigte ihm einen versteckten Ausgang. Ohne zu zögern rannte er darauf zu, mit der dunklen Gestalt dicht auf den Fersen.

Der Ausgang führte ihn wieder in den Wald, aber er wusste, dass er noch nicht in Sicherheit war. Er musste einen Weg finden, dem Ungeheuer und der dunklen Gestalt zu entkommen und das Geheimnis des verlassenen Hauses zu lüften.

Angelehnt - ajar, slightly open

Atmen - to breathe

Betrachtete - looked at, viewed

Dicht - close

Durchbruch - breakthrough

Erstarrte - froze

Erschöpft - exhausted

Flackernde - flickering

Fühlten - felt

Gemein - common (in this context: shared characteristic)

Herauskommen - to come out

Knarren - creak

Merkwürdige - strange, peculiar

Schauer - shiver, chill

Stammelte - stammered

Verfolgungsjagd - chase

Verirrt - lost, gone astray

Versteckten - hidden

Vorsichtig - careful, cautiously

Wispern - whisper (in this context, soft sound)

Zerrissenen - torn

Zurechtzufinden - to orient oneself, find one's way

3. Die geheimnisvollen Symbole

Johann stand immer noch im dunklen Keller und betrachtete die merkwürdigen Symbole an der Wand. Je länger er sie ansah, desto mehr fühlte er, dass sie ihm bekannt vorkamen. Er versuchte, sich zu konzentrieren und die Bedeutung der Symbole zu entschlüsseln.

Er dachte an die Geschichten, die er als Kind gehört hatte - alte Legenden von magischen Kreaturen und geheimen Orten. Eine dieser Geschichten erzählte von einer Waldfee, die über einen verborgenen Schatz wachte. Dieser Schatz hatte die Kraft, böse Kreaturen zu besiegen.

Plötzlich erinnerte er sich: Die Symbole auf der Wand sahen genauso aus wie die in der Legende beschriebenen! Sie könnten der Schlüssel sein, um den gefürchteten Menschenfresser zu besiegen.

Als er das erkannte, durchfuhr ihn ein Gefühl der Dringlichkeit. Er hörte erneut das Brüllen des Ungeheuers in der Ferne und wusste, dass er nicht viel Zeit hatte. Hastig zog Johann sein Notizbuch aus der Tasche und zeichnete die Symbole so genau wie möglich nach.

Als er fertig war, sah er sich im Keller um und bemerkte eine alte Lampe in einer Ecke. Er zündete sie an und das Licht der Lampe fiel auf einen Teil der Wand, der anders aussah als der Rest. Er trat näher heran und drückte vorsichtig gegen die Wand. Zu seiner Überraschung gab sie nach und offenbarte einen versteckten Gang.

Ohne zu zögern betrat Johann den Gang. Er führte abwärts, tiefer und tiefer in die Erde. Die Luft wurde kälter und feuchter, und bald fand sich Johann in einer riesigen Höhle wieder, in deren Mitte ein stiller See lag. Das Wasser des Sees war so klar, dass er bis auf den Grund sehen konnte.

Auf dem See schwamm ein altes Boot, das von einem dünnen Seil an einem Pfosten am Ufer gehalten wurde. Johann überlegte einen Moment und entschied dann, das Boot zu nehmen und den See zu überqueren. Vielleicht führte es ihn zu dem Ort, den die Symbole beschrieben hatten.

Er setzte sich ins Boot und begann zu rudern. Das Wasser war ruhig, und das einzige Geräusch war das Plätschern der Ruder und sein eigener Atem.

Plötzlich hörte er eine Stimme: „Wohin gehst du, Johann?"

Erschrocken blickte er sich um und sah die Waldfee auf dem Wasser schweben. „Ich... ich versuche, den Menschenfresser zu besiegen", antwortete er.

Die Fee lächelte. „Die Symbole werden dir den Weg zeigen. Aber sei vorsichtig, Johann. Die Kräfte, mit denen du spielst, sind alt und mächtig."

„Ich habe Angst", gestand Johann. „Aber ich kann nicht zulassen, dass dieses Ungeheuer weiter Menschen jagt."

Die Waldfee nickte. „Du hast ein mutiges Herz. Vertraue auf die Symbole und auf dich selbst."

Mit diesen Worten verschwand sie, und Johann setzte seine Reise über den See fort. Als er das andere Ufer erreichte, sah er eine alte Steintür mit den gleichen Symbolen, die er in seinem Notizbuch gezeichnet hatte.

Mit zitternden Händen öffnete er die Tür und trat ein. Was er im Inneren fand, übertraf alles, was er sich hätte vorstellen können.

Abwärts - downwards

Beschriebenen - described

Dringlichkeit - urgency

Durchfuhr - coursed through (in this context, a feeling)

Entschlüsseln - to decrypt, decipher

Erinnerte - remembered

Gang - passage, corridor

Gefühl - feeling

Geheimen - secret

Gestand - confessed, admitted

Hastig - hastily

Höhle - cave

Konzentrieren - to concentrate

Kraft - power, strength

Legenden - legends

Magischen - magical

Menschenfresser - man-eater, cannibal

Merkwürdigen - strange, peculiar

Offenbarte - revealed

Plätschern - splashing, lapping

Posten - post, stake (in this context)

Ruder - oars

Rudern - to row

Still - still, silent

Übertraf - surpassed

Überqueren - to cross over

Verborgenen - hidden

Vertraue - trust

Zeichnete - drew, sketched

Zitternden - trembling, shaking

4. Der See des Schicksals

Das Wasser des Sees glitzerte im schwachen Licht der Lampe, die Johann im Boot mit sich führte. Je weiter er ruderte, desto dunkler und kälter wurde das Wasser um ihn herum. Die Stille wurde nur von dem sanften Plätschern der Ruder und dem leisen Klang des Wassers unterbrochen.

Während er sich weiter durch das dunkle Wasser bewegte, hörte Johann plötzlich seltsame Gesänge aus der Tiefe. Die Melodie war sowohl beruhigend als auch beunruhigend. „Wer singt da?", fragte er sich, während er versuchte, die Herkunft der Stimmen zu bestimmen.

Doch bevor er lange nachdenken konnte, durchbrach eine riesige Hand die Wasseroberfläche und streckte sich nach dem Boot aus. Johann schrie vor Schreck auf und begann, so schnell er konnte, zu rudern. Das Wasser spritzte auf, und das Boot schaukelte hin und her, während die Hand versuchte, es zu ergreifen.

„Ich muss dem entkommen!", dachte Johann, während er mit aller Kraft ruderte. Nach einigen schier endlosen Minuten ließ die Hand von ihm ab, und er konnte wieder durchatmen.

Erschöpft und zitternd erreichte er schließlich das andere Ufer. Dort sah er eine beeindruckende Statue einer Waldfee, die hoch über dem Wasser stand. Sie schien aus altem Stein gemeißelt zu sein und hatte einen ernsten, aber freundlichen Ausdruck.

Am Fuße der Statue bemerkte Johann ein glänzendes Schwert, das fest in einem Stein steckte. Er erinnerte sich an die Legende, von der ihm seine Großmutter erzählt hatte: Nur der Wahre, der mit reinem Herzen und mutiger Absicht handelt, könnte das Schwert ziehen und die Macht erhalten, das Böse zu besiegen.

Mit zögernden Schritten näherte er sich dem Schwert. „Kann ich das wirklich?", murmelte er. „Bin ich der Wahre?"

Nach einem tiefen Atemzug legte Johann seine Hand um den Griff des Schwertes und zog. Zu seiner Überraschung glitt das Schwert leicht aus dem Stein. Er hielt es hoch und spürte eine Welle von Energie und Mut durch seinen Körper strömen.

„Ich bin bereit", sagte er laut und entschlossen.

Doch als er sich umdrehte, stand direkt vor ihm das Ungeheuer, das er so gefürchtet hatte: der Menschenfresser. Das Monster war noch schrecklicher, als er es sich vorgestellt hatte, mit riesigen, scharfen Zähnen und klauenbewehrten Händen.

„Oh, du denkst, du kannst mich mit diesem kleinen Spielzeug besiegen?", spottete das Ungeheuer mit einer tiefen, grollenden Stimme.

Johann schluckte seinen aufkommenden Schrecken hinunter und trat einen Schritt vor. „Ich werde dich aufhalten, egal was es kostet", erwiderte er mutig.

Das Monster lachte böse. „Viele haben es vor dir versucht und sind gescheitert. Was lässt dich glauben, dass du anders bist?"

Johann dachte an die Waldfee, an die geheimnisvollen Symbole und an all die Menschen, die vor ihm in diesem Wald verloren gegangen waren. „Weil ich nicht alleine bin", sagte er fest. „Ich habe die Kraft der Legenden und die Hoffnung aller, die vor mir kamen."

Mit einem wilden Schrei stürzte das Ungeheuer auf Johann zu, bereit zum Angriff. Doch Johann, das Schwert fest in der Hand, war bereit, sich dem Monster entgegenzustellen und das Böse ein für alle Mal zu besiegen.

Beeindruckende - impressive

Bemerkte - noticed

Beruhigend - soothing

Besiegen - to defeat

Durchatmen - to breathe deeply/ to catch one's breath

Durchbrach - broke through

Entkommen - to escape

Erschöpft - exhausted

Gemeißelt - chiseled

Gesänge - chants/songs

Glitt - slid

Herkunft - origin

Klauenbewehrten - clawed

Murmeln - to murmur, mumble

Rudern - to row (previously mentioned but in a different context)

Schaukelte - rocked, swayed

Schrecken - horror, terror

Spielzeug - toy (in this context, used metaphorically to belittle the sword)

Streckte - stretched out

Versuchte - tried (from the verb "versuchen")

Vorgestellt - imagined

Zitternd - trembling

Zögernden - hesitant

5. Die Flüsternde Dame

Nachdem Johann dem Menschenfresser gegenüberstand, hörte er plötzlich ein leises, zischendes Flüstern. Er drehte sich um und sah eine schreckliche Gestalt vor sich. Es war eine Frau, aber ihre Haut war blass und wächsern, ihre Haare hingen nass und schlaff um ihr Gesicht, und ihre Augen glühten in einem unnatürlichen Gelb.

„Johann", flüsterte sie mit einer Stimme, die klang, als käme sie aus der Tiefe eines Brunnens.

„Wer... wer bist du?", fragte Johann, während er versuchte, mutig zu bleiben.

Die Gestalt schmunzelte. „Ich bin die Flüsternde Dame", antwortete sie. „Ich bewohne diesen Wald seit Jahrhunderten und beobachte all jene, die sich hierher wagen."

Johann trat zurück, das Schwert fest in der Hand. „Was willst du von mir?", fragte er, seine Stimme zitterte leicht.

Die Flüsternde Dame kam näher und streckte ihre Hand aus, als wollte sie Johann berühren. „Ich will dir helfen", flüsterte sie. „Ich kenne die Geheimnisse dieses Waldes und die Schwächen des Menschenfressers."

Johann war misstrauisch. „Warum solltest du mir helfen? Was willst du im Gegenzug?"

Die Flüsternde Dame lachte leise. „Ich verlange nur eines. Dein Versprechen, dass du den Wald verlässt, sobald du den Menschenfresser besiegt hast."

Johann überlegte. Es war riskant, einem solchen Wesen zu vertrauen, aber er brauchte jede Hilfe, die er bekommen konnte. „In Ordnung", sagte er schließlich. „Ich verspreche es."

Die Flüsternde Dame nickte. „Gut. Höre genau zu. Der Menschenfresser hat eine Schwäche. Sein Herz ist nicht in seinem Körper, sondern in einem Amulett, das er immer bei sich trägt. Wenn du das Amulett zerstörst, wirst du auch ihn besiegen."

Johann war erstaunt. „Wo finde ich dieses Amulett?"

Die Flüsternde Dame deutete auf den See. „Am anderen Ufer befindet sich eine Höhle. In dieser Höhle bewahrt der Menschenfresser seine Schätze auf, darunter auch das Amulett."

Johann nickte. „Ich werde es finden und zerstören."

Die Flüsternde Dame lächelte. „Viel Glück, Johann. Und vergiss dein Versprechen nicht."

Mit diesen Worten verschwand sie im Nebel, und Johann machte sich auf den Weg zur Höhle.

Der Weg dorthin war gefährlich, mit vielen Fallen und Hindernissen, die der Menschenfresser aufgestellt hatte, um Eindringlinge fernzuhalten. Aber Johann, mit dem Schwert an seiner Seite und den Ratschlägen der Flüsternden Dame im Hinterkopf, schaffte es schließlich, die Höhle zu erreichen.

Im Inneren war es dunkel und still, nur das Echo seiner Schritte hallte von den Wänden wider. Er zog eine Fackel heraus und entzündete sie, um seinen Weg zu beleuchten.

Während er tiefer in die Höhle ging, sah er viele Schätze – Goldmünzen, Edelsteine und antike Artefakte. Aber er war nicht hier, um Schätze zu sammeln. Er suchte das Amulett.

Endlich, nachdem er durch viele Tunnel und Kammern gegangen war, fand er einen Raum, der von einer seltsamen, blauen Flamme beleuchtet wurde. In der Mitte des Raums stand ein Altar, und darauf lag das Amulett.

Es war ein einfaches, silbernes Medaillon mit einem roten Stein in der Mitte. Aber Johann konnte spüren, dass es eine starke Magie ausstrahlte.

Vorsichtig näherte er sich dem Altar und griff nach dem Amulett. Doch in dem Moment erschien der Menschenfresser hinter ihm, ein böses Grinsen auf seinem Gesicht.

„Du dachtest, du könntest mich überlisten?", knurrte er.

Johann drehte sich um, das Schwert bereit. „Ich werde dich stoppen", sagte er entschlossen.

Ein heftiger Kampf entbrannte zwischen den beiden. Johann nutzte sein Schwert und seine neu entdeckte Macht, während der Menschenfresser seine Größe und Stärke ausnutzte.

Doch schließlich, nach einem langen und anstrengenden Kampf, gelang es Johann, das Amulett zu greifen und es mit all seiner Kraft zu zerdrücken.

Ein lauter Schrei ertönte, und der Menschenfresser fiel zu Boden, besiegt.

Johann, erschöpft aber erleichtert, verließ die Höhle und machte sich auf den Weg aus dem Wald, entschlossen, sein Versprechen gegenüber der Flüsternden Dame einzuhalten.

Anstrengenden - strenuous

Beeindruckende - impressive

Bewahrt - keeps, stores

Eindringlinge - intruders

Ertönte - sounded

Erwiderte - replied

Fackel - torch

Fernzuhalten - to keep away

Flüstern - whisper

Flüsternde - whispering

Gegenzug - in return

Greifen - to grab

Höhle - cave

Knurrte - growled

Medaillon - medallion

Murmeln - to murmur

Ratschlägen - advices, recommendations

Schmunzelte - smirked

Schreckliche - terrible, dreadful

Streckte - stretched out

Versprechen - promise (noun in this context)

Wächsern - waxy

Zischendes - hissing

6. Die Zentaurenwächterin

Nachdem Johann den dunklen Wald verlassen hatte, fand er sich in einer weiten, offenen Landschaft wieder, die sich bis zum Horizont erstreckte. Die Sonne schien hell und der Himmel war klar, ein starker Kontrast zum dunklen und bedrückenden Wald.

Während er weiterging, bemerkte er in der Ferne einen majestätischen Berg, dessen Gipfel von Wolken umgeben war. Doch was seine Aufmerksamkeit wirklich erregte, war die Gestalt, die sich auf einem Hügel in der Nähe des Berges befand.

Es war eine Zentaurenfrau, halb Mensch, halb Pferd. Sie trug eine prächtige Rüstung, die im Sonnenlicht funkelte, und blickte in die Ferne, als würde sie auf jemanden oder etwas warten.

Johann, neugierig und fasziniert von der majestätischen Kreatur, beschloss, sich ihr zu nähern.

„Sei gegrüßt, Reisender", rief die Zentaurenfrau, als sie ihn bemerkte.

„Sei gegrüßt", antwortete Johann. „Ich bin Johann und ich komme aus dem Wald. Wer bist du?"

Die Zentaurenfrau lächelte. „Ich bin Lyria, die Wächterin dieses Landes. Was führt dich hierher?"

Johann erzählte ihr von seinem Abenteuer im Wald, von der Waldfee, der Flüsternden Dame und dem Menschenfresser.

Lyria nickte nachdenklich. „Das sind beeindruckende Geschichten. Aber was suchst du jetzt?"

Johann zuckte mit den Schultern. „Ich weiß es nicht genau. Vielleicht einen Ort, an dem ich in Frieden leben kann, oder vielleicht ein neues Abenteuer."

Lyria lächelte. „Nun, dieses Land ist voller Geheimnisse und Wunder. Aber es ist auch gefährlich. Wenn du willst, kann ich dich begleiten und dir den Weg zeigen."

Johann war überrascht und erfreut über das Angebot. „Das wäre wunderbar! Ich würde mich freuen, eine so mutige und weise Begleiterin an meiner Seite zu haben."

Die beiden machten sich auf den Weg, und während sie die weite Landschaft durchquerten, erzählte Lyria Johann von den vielen Geschichten und Legenden dieses Landes. Von mächtigen Drachen, die in den Bergen lebten, von Elfen, die in den Wäldern tanzten, und von alten Ruinen, die von vergessenen Königreichen zeugten.

Während sie sprachen, spürte Johann eine tiefe Verbindung zu Lyria. Sie war nicht nur eine mächtige Kriegerin, sondern auch eine weise und gütige Seele.

Nach mehreren Tagen des Reisens erreichten sie schließlich den Fuß des großen Berges, den Johann zuvor gesehen hatte. Lyria erklärte, dass dieser Berg als „Der Gipfel der Götter" bekannt war und dass er ein heiliger Ort war.

„Es gibt eine Höhle am Fuße dieses Berges", sagte sie. „In dieser Höhle befindet sich ein alter Tempel, der den Göttern gewidmet ist. Es heißt, dass jeder, der den Tempel betritt, eine Vision seiner Zukunft erhält."

Johann war fasziniert. „Können wir den Tempel besuchen?"

Lyria nickte. „Ja, aber sei vorsichtig. Die Visionen können sowohl eine Segnung als auch ein Fluch sein."

Die beiden betraten die Höhle und fanden bald den alten Tempel. Er war aus weißem Marmor gebaut und von einer Aura der Ruhe und Heiligkeit umgeben.

Als Johann den Tempel betrat, fühlte er eine plötzliche Welle von Emotionen. Bilder von seiner Vergangenheit, Gegenwart und möglichen Zukunft fluteten seinen Geist. Er sah sich selbst in vielen verschiedenen Situationen, einige glücklich, andere traurig, und einige, die er nicht verstand.

Als die Visionen endeten, fand er sich wieder im Tempel, mit Lyria an seiner Seite.

„Was hast du gesehen?", fragte sie.

Johann zögerte einen Moment. „Viele Dinge. Einige gut, andere schlecht. Aber ich habe auch verstanden, dass meine Reise noch nicht vorbei ist."

Lyria nickte. „Das ist oft der Fall. Die Visionen zeigen uns nicht nur, was sein wird, sondern auch, was sein könnte. Es liegt an uns, unseren Weg zu wählen."

Johann lächelte. „Danke, Lyria. Ich bin froh, dass du an meiner Seite bist."

Die beiden verließen den Tempel und setzten ihre Reise fort, bereit, den vielen Abenteuern und Herausforderungen zu begegnen, die noch vor ihnen lagen.

Beeindruckende - impressive

Begleiterin - companion (female)

Bereit - ready

Durchquerten - traversed, crossed

Elfen - elves

Erfreut - pleased

Erstreckte - extended, stretched

Fluteten - flooded

Fuß - foot (of the mountain, in this context)

Geheimnisse - secrets

Gipfel - summit, peak

Herausforderungen - challenges

Königreichen - kingdoms

Marmor - marble

Möglich - possible

Reisender - traveler

Ruinen - ruins

Rüstung - armor

Segnung - blessing

Verbindung - connection

Wächterin - guardian (female)

Weise - wise (as an adjective), in the context of the text it's used as a noun to mean "wise person"

Zentaurenfrau - centaur woman

Zentaurenwächterin - centaur guardian (female)

7. Die schwebende Stadt

Nachdem sie den Gipfel der Götter verlassen hatten, setzten Johann und Lyria ihre Reise fort. Sie folgten einem alten Pfad, der sie durch dichte Wälder und über hohe Berge führte. Doch eines Tages, als sie den Gipfel eines besonders hohen Berges erreichten, sahen sie vor sich eine wundersame Sicht.

Eine riesige Stadt schwebte in der Luft, gehalten von massiven Luftschiffen, die aussahen wie große metallische Wale. Elefanten, ebenfalls schwebend, bewegten sich zwischen den Gebäuden. Unter der schwebenden Stadt erstreckte sich eine Landschaft aus Türmen und Gebäuden, durch die Luftstraßen führten.

„Was ist das?", fragte Johann fasziniert.

„Das ist Aerolis, die schwebende Stadt", antwortete Lyria. „Ein Ort der Magie und Technologie, wo die alten Traditionen auf die Wunder der neuen Welt treffen."

Die beiden beschlossen, die Stadt zu besuchen. Sie fanden ein Luftschiff, das bereit war, sie mitzunehmen, und bald befanden sie sich in der schwebenden Metropole.

Die Stadt war ein Ort des Staunens. Überall gab es wundersame Maschinen und Kreaturen, Läden, die exotische Waren verkauften, und Menschen, die in bunten Kleidern herumliefen. Doch trotz der beeindruckenden Technologie gab es auch Ecken der Stadt, die an längst vergangene Zeiten erinnerten, mit alten Tempeln und Palästen.

Während sie durch die Stadt schlenderten, bemerkte Johann einen älteren Mann, der auf einer Plattform stand und die vorbeigehenden Passanten beobachtete. Der Mann trug einfache, aber edle Kleidung und hatte eine tiefe, nachdenkliche Miene.

„Das ist Meister Anzu", erklärte Lyria, als sie Johanns Blick bemerkte. „Er ist ein weiser Gelehrter und der Hüter der alten Geschichten dieser Stadt."

Johann beschloss, ihn anzusprechen. „Guten Tag, Meister Anzu", grüßte er.

Der ältere Mann lächelte. „Guten Tag, junger Mann. Was führt dich nach Aerolis?"

Johann erzählte ihm von seiner Reise und seinen Abenteuern. Meister Anzu hörte aufmerksam zu und nickte von Zeit zu Zeit.

„Du hast bereits viel erlebt", sagte er schließlich. „Aber jede Reise hat ihren Zweck. Hast du deinen gefunden?"

Johann zögerte. „Ich suche nach einem Ort, an dem ich in Frieden leben kann. Aber ich bin mir nicht sicher, ob ich ihn hier finden werde."

Meister Anzu lächelte. „Aerolis ist ein Ort der Möglichkeiten. Hier kannst du alles finden, was du suchst, aber du musst auch bereit sein, dafür zu kämpfen."

Lyria nickte zustimmend. „Es ist wahr. Diese Stadt bietet viele Gelegenheiten, aber sie stellt auch viele Herausforderungen."

Die drei verbrachten den Rest des Tages damit, die Stadt zu erkunden und ihre Geheimnisse zu entdecken. Abends, als die Sonne unterging und die Lichter der Stadt zu leuchten begannen, fanden sie sich auf einer Terrasse wieder, die einen atemberaubenden Blick auf Aerolis bot.

„Wie fühlst du dich?", fragte Lyria Johann.

Er lächelte. „Ich bin überwältigt. Diese Stadt ist wie nichts, was ich je gesehen habe."

Lyria lächelte zurück. „Das geht uns allen so, wenn wir zum ersten Mal hierherkommen. Aber bald wirst du dich wie zu Hause fühlen."

Johann sah in die Ferne. „Ich hoffe es", sagte er leise.

Die beiden saßen noch lange da, den Blick auf die schwebende Stadt gerichtet, und träumten von den Abenteuern, die noch vor ihnen lagen.

Atemberaubenden - breathtaking

Beeindruckenden - impressive

Bemerkte - noticed

Dichte - dense, thick

Edle - noble

Elefanten - elephants

Erkunden - explore

Geheimnisse - secrets

Gelehrter - scholar

Hüter - guardian, keeper

Läden - shops, stores

Luftschiff - airship

Metropole - metropolis

Miene - expression (of the face)

Nachdenkliche - thoughtful

Palästen - palaces

Passanten - passersby, pedestrians

Plattform - platform

Schlenderten - strolled, wandered

Überwältigt - overwhelmed

Verkauften - sold

Vorbeigehenden - passing by

Waren - goods

Weiser - wise (in this context used as a noun to describe a wise person)

8. Der Tempel der Schatten

Nach Tagen des Erkundens führte ein mysteriöses Gerücht Johann und Lyria zu einer tief verborgenen Region von Aerolis. Es wurde erzählt, dass ein alter Tempel, der seit Jahrhunderten verlassen war, plötzlich zum Leben erwachte und von einer finsteren Präsenz erfüllt war. Die Einheimischen sprachen mit Angst in den Augen von der „Schattenfrau", einer dunklen Gestalt, die im Inneren des Tempels zu sehen war.

Als Johann und Lyria den Tempel betraten, spürten sie sofort die erdrückende Dunkelheit und Kälte. Hohe Türme ragten in den Himmel und schienen endlos zu sein. In der Ferne schwebte eine düstere Gestalt, die sich langsam auf sie zubewegte.

„Wir sollten vorsichtig sein", flüsterte Lyria. „Etwas stimmt hier nicht."

Sie gingen weiter, als plötzlich die Schattenfrau direkt vor ihnen erschien. Ihre Augen waren leer, und eine Aura des Bösen umgab sie. „Warum seid ihr hier?", fragte sie mit einer kalten, emotionslosen Stimme.

Johann trat mutig vor. „Wir sind gekommen, um die Geheimnisse dieses Tempels zu erkunden und die Dunkelheit, die hier herrscht, zu vertreiben."

Die Schattenfrau lachte höhnisch. „Ihr seid mutig, aber naiv. Dieser Tempel gehört mir, und niemand kann die Dunkelheit vertreiben."

Während sie sprach, bildeten sich aus den Schatten Kreaturen, die Johann und Lyria umzingelten. Lyria zog ihr Schwert und bereitete sich auf den Kampf vor. „Johann, bleib hinter mir!"

Die Schattenkreaturen griffen an, aber Lyria wehrte ihre Angriffe geschickt ab. Johann, obwohl nicht so erfahren im Kampf, nutzte das Schwert, das er aus dem Stein gezogen hatte, und focht tapfer an Lyrias Seite.

Nach einer scheinbar endlosen Schlacht gelang es ihnen, die Schattenkreaturen zurückzudrängen. Aber die Schattenfrau war immer noch da und schien stärker denn je.

Plötzlich trat eine junge Frau aus einem der Türme des Tempels. Sie trug eine goldene Rüstung und blickte entschlossen. „Halt!", rief sie. „Ich bin Aria, die Wächterin dieses Tempels. Ich wurde geschickt, um die Dunkelheit zu bekämpfen und das Gleichgewicht wiederherzustellen."

Die Schattenfrau knurrte. „Du kannst mich nicht aufhalten, Aria."

Aria trat vor. „Das werde ich sehen." Mit einem kraftvollen Schrei entfesselte sie ein helles Licht, das die Dunkelheit durchbrach und die Schattenfrau zurückdrängte.

„Dies ist nicht vorbei", warnte die Schattenfrau, bevor sie verschwand.

Aria wandte sich an Johann und Lyria. „Danke für eure Hilfe. Ohne euch hätte ich es nicht geschafft."

Lyria nickte. „Wir sind froh, helfen zu können. Aber was passiert jetzt?"

Aria sah ernst aus. „Die Dunkelheit ist vorerst zurückgedrängt, aber sie wird zurückkehren. Wir müssen wachsam sein und bereit, sie erneut zu bekämpfen."

Johann seufzte. „Es scheint, als gäbe es immer eine neue Herausforderung."

Aria lächelte. „Das ist der Weg des Lebens. Aber mit Mut und Entschlossenheit können wir jede Herausforderung meistern."

Während die drei den Tempel verließen, wussten sie, dass ihre Reise noch lange nicht vorbei war. Es gab noch viele Abenteuer zu bestehen und Geheimnisse zu entdecken. Aber mit vereinten Kräften waren sie bereit, sich jeder Herausforderung zu stellen.

Bekämpfen - to combat, to fight against

Dunkelheit - darkness

Erfahren - experienced

Erdrückende - oppressive, suffocating

Erwachte - awakened

Finsteren - sinister, dark

Focht - fought (past tense of "fechten")

Gleichgewicht - balance

Herrscht - prevails, rules

Höhnisch - mocking, scornful

Kälte - coldness

Knurrte - growled

Mysteriöses - mysterious

Naiv - naive

Schattenfrau - shadow woman

Schattenkreaturen - shadow creatures

Seufzte - sighed

Tapfer - brave, valiant

Umgab - surrounded

Vertreiben - to dispel, to drive away

Vorerst - for now, temporarily

Wächterin - guardian, female form

Wandte sich an - turned to

Zurückdrängte - pushed back, repelled

Zurückkehren - to return, to come back

9. Das Wasserreich

Die Reise von Johann und Lyria führte sie nun zu einer Küstenregion, die durch massive steinerne Statuen gekennzeichnet war, die aus dem Wasser ragten. Diese riesigen Köpfe, die aus den Wellen herauszuschauen schienen, waren von einer längst vergessenen Zivilisation hinterlassen worden.

Während sie am Ufer entlanggingen, bemerkten sie eine mysteriöse Frau, die halb im Wasser stand. Ihr blasses Gesicht war mit seltsamen Markierungen bedeckt, und ihre eisblauen Augen funkelten geheimnisvoll.

„Seid vorsichtig", flüsterte Lyria. „Das hier ist Sirena, die Hüterin der Meere. Es heißt, dass sie diejenigen ins Wasser zieht, die ihr zu nahe kommen."

Johann nickte und rief: „Hallo! Wir sind nur Reisende und suchen unseren Weg. Wir möchten keinen Ärger."

Die Frau, Sirena, antwortete mit einer Stimme, die so klar war wie das Wasser selbst: „Was sucht ihr in meinem Reich?"

„Wir sind auf der Suche nach Wissen und Abenteuer", antwortete Johann mutig.

Sirena lächelte rätselhaft. „Dann seid ihr hier genau richtig. Aber seid gewarnt: Die Meere halten viele Geheimnisse, und nicht alle sind freundlich."

Während sie sprach, stiegen plötzlich dunkle Gestalten aus dem Wasser auf. Sie hatten den Körper von Menschen, aber ihre Haut war schuppig und ihre Augen leuchtend gelb. „Meeresschatten", murmelte Lyria, während sie ihr Schwert zog.

Johann und Lyria kämpften mutig gegen die Meeresschatten, aber ihre Anzahl schien endlos zu sein. Sirena beobachtete das Geschehen mit Interesse, ohne einzugreifen.

Plötzlich ertönte ein mächtiges Brüllen, und aus dem Wasser erhob sich eine riesige Kreatur. Es war ein Meeresdrache, dessen Augen vor Wut funkelten.

Johann und Lyria wussten, dass sie gegen eine solche Kreatur keine Chance hatten. Doch bevor sie fliehen konnten, sprach Sirena erneut: „Halt, Drache! Dies sind nicht deine Feinde."

Der Drache starrte Sirena an und brüllte erneut, doch dieses Mal klang es eher wie ein Knurren.

Sirena trat näher an den Drachen heran und flüsterte ihm etwas ins Ohr. Der Drache beruhigte sich langsam und verschwand schließlich wieder in den Tiefen des Meeres.

Sirena wandte sich an Johann und Lyria. „Entschuldigt das Verhalten meiner Untertanen. Sie sind misstrauisch gegenüber Fremden."

„Das können wir sehen", erwiderte Johann atemlos. „Aber warum hat der Drache auf dich gehört?"

Sirena lächelte geheimnisvoll. „Weil ich die Königin der Meere bin. Alle Kreaturen des Ozeans gehorchen mir."

Johann verneigte sich. „Dann danken wir dir für deine Hilfe, Königin Sirena."

Sirena nickte. „Ihr seid willkommen. Aber denkt daran: Die Meere sind gefährlich. Passt auf euch auf."

Mit diesen Worten verschwand sie wieder in den Wellen, und Johann und Lyria setzten ihre Reise fort, dankbar für die unerwartete Hilfe, aber auch wachsam vor den Gefahren, die noch vor ihnen lagen.

Brüllen - roar

Einzugreifen - to intervene

Erhob sich - rose up

Ertönte - sounded, rang out

Funkelten - sparkled, glinted

Gekennzeichnet - characterized, marked

Geheimnisvoll - mysterious

Küstenregion - coastal region

Markierungen - markings

Meeresschatten - sea shadows

Meeresdrache - sea dragon

Misstrauisch - suspicious

Rätselhaft - enigmatic, puzzling

Reich - realm, kingdom

Schuppig - scaly

Ufer - shore, bank

Unerwartete - unexpected

Untertanen - subjects (in the sense of people or creatures under authority)

Verhalten - behavior

Verschwand - disappeared

Wachsam - vigilant, watchful

Welle - wave

Wut - anger, rage

10. Das Lied der Wälder

Nachdem sie die Küstenregion verlassen hatten, betraten Johann und Lyria einen geheimnisvollen Wald. Ein dichter Nebel umhüllte die Bäume, und die Luft war kalt und feucht. Es war ein Ort, der sowohl Schönheit als auch Gefahr ausstrahlte.

Während sie tiefer in den Wald gingen, bemerkten sie eine Gestalt, die in einem goldenen Dreieck stand. Es war eine junge Frau mit dunklem Haar und intensiven Augen. Sie trug ein Gewand, das mit der Kälte des Nebels kontrastierte.

„Hallo", rief Johann vorsichtig. „Wer bist du?"

Die Frau sah ihn an und antwortete: „Ich bin Silvana, die Hüterin dieses Waldes."

Lyria trat vor. „Wir sind auf der Durchreise und suchen unseren Weg. Kannst du uns helfen?"

Silvana lächelte. „Natürlich. Aber zuerst möchte ich euch etwas zeigen."

Sie führte sie zu einer Lichtung, in der eine weitere Frau stand. Diese hatte grüne Haut, und ihr Gesicht war mit seltsamen Mustern bedeckt.

„Das ist Lysa", sagte Silvana. „Sie ist ein Geist des Waldes und meine treue Freundin."

Lysa lächelte und nickte Johann und Lyria zu.

„Wie seid ihr beide Freundinnen geworden?", fragte Lyria neugierig.

Silvana lächelte. „Es ist eine lange Geschichte. Aber kurz gesagt, haben wir uns gegenseitig in Zeiten der Not geholfen. Seitdem sind wir unzertrennlich."

Während sie sprachen, bemerkten sie plötzlich ein Rascheln im Unterholz. Eine Gruppe von Banditen trat aus den Schatten hervor und zog ihre Waffen.

„Was wollt ihr?", rief Johann.

Einer der Banditen lachte. „Euer Gold und alles andere, was ihr habt!"

Johann und Lyria zogen ihre Schwerter, bereit zum Kampf. Aber Silvana trat vor und hob ihre Hand. Plötzlich begannen die Bäume zu beben und die Blätter zu rascheln. Lysa sang ein altes Lied, und die Natur selbst schien auf ihre Seite zu sein.

Die Banditen wurden von Ranken ergriffen und festgehalten. Einige versuchten zu fliehen, wurden aber von den Kräften des Waldes zurückgehalten.

Als der Kampf vorbei war, sah Silvana die Banditen streng an. „Geht und kehrt nie wieder zurück."

Die Banditen nickten eilig und rannten weg, so schnell sie konnten.

Johann seufzte erleichtert. „Danke für eure Hilfe."

Silvana lächelte. „Es war uns eine Freude. Ihr seid hier im Wald willkommen."

In dieser Nacht verbrachten Johann und Lyria Zeit mit Silvana und Lysa, lauschten ihren Geschichten und sangen alte Lieder. Es war ein Moment des Friedens und der Freundschaft inmitten ihrer abenteuerlichen Reise.

Während sie am Lagerfeuer saßen, spürte Johann, wie Lyria seine Hand nahm. Er sah in ihre Augen und fühlte eine tiefe Verbindung zu ihr.

„Lyria", sagte er leise, „ich bin so froh, dass ich diese Reise mit dir mache."

Sie lächelte. „Ich auch, Johann."

Sie sahen sich an und spürten beide, dass zwischen ihnen etwas Besonderes war. Es war ein Moment der Ruhe und des Glücks, den sie nie vergessen würden.

Banditen - bandits

Beben - to tremble, quake

Dreieck - triangle

Durchreise - transit, passing through

Ergriffen - seized, grabbed

Feucht - damp, moist

Gewand - robe, garment

Hüterin - guardian, custodian

Intensiven - intense

Lagerfeuer - campfire

Lichtung - clearing (in a forest)

Lysa - (this is a name, so no translation is needed)

Muster - patterns

Nebel - fog, mist

Rascheln - rustling

Rascheln im Unterholz - rustling in the underbrush

Ruhe - peace, quiet

Silvana - (this is a name, so no translation is needed)

Unterholz - underbrush

Unzertrennlich - inseparable

Wegrannten - ran away

Zog - pulled, drew (in this context referring to drawing a weapon)

11. Die Bestien des Waldes

Nachdem Johann und Lyria den magischen Wald verlassen hatten, führte ihr Weg sie in ein noch dichteres und düstereres Gebiet. Der Nebel war so dicht, dass sie kaum ihre eigenen Hände vor Augen sehen konnten. Sie hörten das ferne Trompeten eines Elefanten, aber es klang unheimlich und verändert.

„Wir müssen vorsichtig sein", flüsterte Johann, während sie tiefer in den Wald gingen.

Doch bevor sie weit kamen, tauchte aus dem Nebel eine gewaltige Kreatur auf: Ein riesiger Elefant mit dunklem Fell und leuchtend roten Augen. Es sah nicht aus wie ein normales Tier; es schien von einer dunklen Macht besessen zu sein.

Lyria zog ihr Schwert und stellte sich schützend vor Johann. „Bleib zurück!", rief sie.

Doch der Elefant reagierte nicht auf ihre Drohungen. Stattdessen stampfte er mit seinem massiven Fuß auf den Boden und brüllte.

Während sie gegen die Kreatur kämpften, hörten sie ein weiteres, noch schrecklicheres Geräusch. Aus den Schatten tauchte eine andere Bestie auf – ein riesiges, haariges Monster mit scharfen Klauen und einem wilden Blick in den Augen. An seiner Seite war ein kleiner, aber ebenso furchterregender Wolf.

Lyria kämpfte mutig gegen die beiden Bestien, während Johann versuchte, den Elefanten abzulenken. Doch trotz ihrer besten Bemühungen waren sie den Kreaturen unterlegen.

In einem verzweifelten Versuch, Johann zu retten, stellte sich Lyria zwischen ihn und das haarige Monster. Doch das Wesen war zu stark für sie. Mit einem kräftigen Schlag seiner Klauen traf es Lyria, die zu Boden fiel.

„Nein!", schrie Johann und eilte zu ihr.

Lyria hustete und versuchte, sich aufzurichten. „Johann", flüsterte sie schwach, „du musst weitermachen. Finde einen Weg, diese Bestien zu besiegen."

Tränen liefen Johann über das Gesicht, als er Lyria in seinen Armen hielt. „Ich werde dich rächen", schwor er.

Mit neuem Zorn und Entschlossenheit griff Johann die Bestien an. Er erinnerte sich an die Symbole, die er im verlassenen Haus gesehen hatte, und begann, sie in die Luft zu zeichnen. Als er das tat, fühlte er eine neue Kraft in sich aufsteigen.

Mit einem lauten Schrei entfesselte er eine mächtige magische Energie, die die Bestien zurückdrängte. Der Elefant und das haarige Monster brüllten vor Schmerz und zogen sich schließlich zurück.

Johann fiel auf die Knie, erschöpft von dem Kampf und dem Verlust von Lyria. Er weinte um sie und schwor erneut, ihre Tod zu rächen.

Dann hörte er ein leises Flüstern in seinem Ohr. Es war die Stimme von Silvana, der Hüterin des Waldes. „Deine Reise ist noch nicht vorbei, Johann", sagte sie. „Du musst weitermachen und die Dunkelheit besiegen."

Johann nickte und stand auf, sein Herz schwer, aber seine Entschlossenheit unerschütterlich. Er würde weitermachen, für Lyria und für die Welt.

Besessen - possessed

Bestien - beasts

Brüllte - roared

Dichteres - denser

Drohungen - threats

Düstereres - gloomier, more somber

Elefant - elephant

Entfesselte - unleashed

Furchterregender - more terrifying

Gewaltige - massive, enormous

Haariges - hairy

Klauen - claws

Rächen - to avenge

Schatten - shadows

Stampfte - stamped, stomped

Trompeten - trumpeting (in this context)

Unheimlich - eerie, creepy

Unterlegen - inferior, outmatched

Verzweifelten - desperate

Wolf - wolf

Zorn - anger, rage

12. Die Wächter der Pyramide

Johanns Reise führte ihn in ein trockenes, wüstenartiges Land. Vor ihm erhob sich eine gewaltige goldene Pyramide, die im Sonnenlicht funkelte. Doch dieser Anblick wurde von einer schrecklichen Präsenz überschattet: Vor der Pyramide stand eine riesige goldene Statue mit rot glühenden Augen und einem schwarzen, endlosen Maul.

Als er sich näherte, spürte er die überwältigende Macht und Dunkelheit, die von der Statue ausging. Plötzlich bewegte sich etwas in seinem Augenwinkel. Ein riesiger Wolf mit glühenden Augen stellte sich zwischen ihn und die Pyramide.

„Was willst du hier?", knurrte der Wolf.

Johann zog sein Schwert und antwortete: „Ich bin auf der Suche nach einem Weg, die Dunkelheit zu besiegen, die mein Land bedroht."

Der Wolf knurrte. „Viele haben versucht, die Geheimnisse dieser Pyramide zu entdecken, und alle sind gescheitert."

Während sie sprachen, öffnete sich das schwarze Maul der Statue, und eine dunkle Stimme hallte heraus: „Wer es wagt, diese heilige Stätte zu betreten, wird vernichtet!"

Johann antwortete mutig: „Ich habe keine Angst vor dir. Ich muss tun, was nötig ist, um mein Land zu retten."

Die Statue lachte. „Dann komm und stelle dich deinem Schicksal!"

Mit diesen Worten schoss ein Strahl dunkler Energie auf Johann zu. Er versuchte auszuweichen, aber der Strahl traf ihn und warf ihn zu Boden.

Der Wolf sprang vor und stellte sich schützend vor Johann. „Du wirst ihn nicht verletzen!", knurrte er.

Die Statue lachte wieder. „Du denkst, du kannst mich aufhalten? Ich bin mächtiger als alles, was du dir vorstellen kannst!"

Während die Statue und der Wolf sich bekämpften, rappelte Johann sich auf und stürmte auf die Pyramide zu. Er wusste, dass er die dunkle Energie in seinem Inneren finden und vernichten musste.

Doch als er die Pyramide betrat, wurde er von einer weiteren Welle dunkler Energie getroffen. Er spürte, wie sie seinen Körper und seinen Geist überwältigte.

Doch inmitten der Dunkelheit hörte er eine vertraute Stimme: „Johann, du musst stark bleiben. Lass die Dunkelheit nicht gewinnen."

Es war die Stimme von Lyria.

Mit neuer Entschlossenheit kämpfte Johann gegen die dunkle Energie an und fand schließlich den Kern der Dunkelheit in der Mitte der Pyramide.

Mit einem mächtigen Schlag seines Schwertes zerstörte er den dunklen Kern und spürte, wie die Dunkelheit aus der Pyramide wich.

Als er wieder ins Freie trat, sah er, dass der Wolf die Statue besiegt hatte. Die goldene Figur lag in Trümmern, und die roten Augen waren erloschen.

Der Wolf nickte Johann zu. „Du hast gut gekämpft."

Johann lächelte müde. „Danke. Ohne deine Hilfe hätte ich es nicht geschafft."

Der Wolf knurrte leise. „Ich habe dir geholfen, weil du es verdienst. Aber sei gewarnt, die Dunkelheit wird immer wieder versuchen zurückzukehren."

Johann nickte. „Ich bin bereit, sie zu bekämpfen, wann immer sie zurückkommt."

Mit diesen Worten setzte er seine Reise fort, entschlossen, sein Land vor der Dunkelheit zu retten.

Augenwinkel - corner of the eye

Besiegt - defeated

Betretet - enter, set foot on

Erhob - arose, rose up

Erloschen - extinguished, died out

Gewaltige - huge, immense

Heilige - sacred, holy

Knurrte - growled

Maul - maw, mouth (typically of a beast or animal)

Schreckliche - terrible, dreadful

Statue - statue

Trümmern - ruins, debris

Überschattet - overshadowed

Überwältigende - overwhelming

Vernichtet - annihilated, destroyed

Wüstenartiges - desert-like

13. Die dunkle Insel und das Flammenmädchen

Nachdem Johann die Pyramide verlassen hatte, fand er sich in einer düsteren Landschaft wieder. Ein mächtiger Sturm wütete, und die Wellen peitschten gegen die felsigen Klippen. Vor ihm erhob sich eine riesige, dunkle Insel aus dem Meer. Auf der Spitze der Insel leuchtete ein rotes Auge, das ihn unheilvoll beobachtete.

Plötzlich spürte er eine Wärme an seiner Seite. Er drehte sich um und sah ein junges Mädchen mit leuchtend roten Schmetterlingsflügeln. Ihre Augen waren ernst, und in ihren Händen tanzten kleine Flammen.

„Sei vorsichtig", warnte sie Johann. „Diese Insel ist ein gefährlicher Ort. Das Auge dort oben ist das Auge des Ungeheuers, das diese Gewässer bewacht."

Johann nickte. „Ich danke dir für die Warnung. Mein Name ist Johann."

„Mein Name ist Lila“, antwortete das Mädchen. „Ich bin die Hüterin des Feuers in diesem Wald. Die dunkle Macht der Insel hat viele Kreaturen hierher gelockt und sie in ihre Diener verwandelt.“

Während sie sprachen, näherten sich schattenhafte Kreaturen der Küste. Sie waren halb Mensch, halb Tier und stießen schrille Schreie aus.

„Sie kommen!“, rief Lila. „Wir müssen uns verteidigen!“

Johann zog sein Schwert, und Lila schleuderte ihre Flammen auf die Kreaturen. Doch es waren zu viele von ihnen. Schon bald waren Johann und Lila von den Schatten umzingelt.

In diesem Moment brach ein lautes Krachen durch die Dunkelheit. Ein riesiger Tentakel schoss aus dem Wasser und packte eine der Kreaturen. Dann ein weiterer und noch ein weiterer. Die Schattenkreaturen wurden von den Tentakeln ins Wasser gezogen und verschwanden in den Tiefen des Meeres.

Johann und Lila starrten entsetzt auf das Meer. Das rote Auge auf der Insel funkelte triumphierend.

„Das Ungeheuer hat seine eigenen Diener gefressen“, flüsterte Lila. „Es ist mächtiger, als ich dachte.“

Johann schaute sie entschlossen an. „Wir müssen einen Weg finden, es zu besiegen.“

Lila nickte. „Ich kenne einen alten Zauber, der uns helfen könnte. Aber wir brauchen dazu die Flamme des Lebens, die tief im Herzen des Waldes verborgen ist.“

Gemeinsam machten sie sich auf den Weg in den Wald. Die Bäume waren hoch und dicht, und der Nebel schlängelte sich um ihre Füße. Überall sahen sie die Spuren des Ungeheuers: verbrannte Bäume, zerstörte Tiere und die Überreste von unglücklichen Reisenden.

Nach Stunden erreichten sie schließlich eine kleine Lichtung. In der Mitte stand ein alter Steinbrunnen, aus dem eine helle Flamme emporstieg.

„Das ist die Flamme des Lebens", sagte Lila. „Mit ihrer Hilfe können wir das Ungeheuer besiegen."

Doch bevor sie die Flamme erreichen konnten, tauchten erneut die Schattenkreaturen auf. Diesmal waren sie noch zahlreicher und aggressiver.

Johann und Lila kämpften verbissen gegen die Übermacht. Mit jedem Schlag seines Schwertes und jedem Feuerball, den Lila schleuderte, fielen mehr von den Kreaturen. Doch sie kamen immer wieder.

In einem verzweifelten Versuch rannte Johann zum Brunnen und streckte seine Hand nach der Flamme aus. Als er sie berührte, durchströmte ihn eine unglaubliche Energie. Er hob das Schwert und entfesselte eine mächtige Explosion, die alle Schattenkreaturen vernichtete.

Erschöpft sank er zu Boden. Lila eilte zu ihm und half ihm aufzustehen.

„Du hast es geschafft", sagte sie mit einem Lächeln. „Das Ungeheuer ist besiegt."

Doch Johann schüttelte den Kopf. „Nein, es ist noch nicht vorbei. Das war nur der Anfang."

Und während sie dort standen, wussten beide, dass ihre Reise noch lange nicht zu Ende war.

Brunnen - well (as in a water well)

Durchströmte - surged through, flowed through

Entfesselte - unleashed

Entsetzt - horrified, appalled

Felsigen - rocky

Flammenmädchen - flame girl

Gewässer - waters

Klippen - cliffs

Krachen - crash, loud noise

Schmetterlingsflügeln - butterfly wings

Schrie - cried out, yelled

Tentakel - tentacle

Triumphierend - triumphantly

Unglücklichen - unfortunate

Unglaubliche - incredible

Unheilvoll - ominous, baleful

Ungeheuers - monster's

Verbrannte - burned

Wütete - raged, stormed

Zerstörte - destroyed

14. Der eisige Drache und das Geheimnis des Goldes

Am nächsten Morgen, nachdem Johann und Lila die dunkle Insel verlassen hatten, fanden sie sich in einer eisigen Tundra wieder. Gletscher und Schnee bedeckten die Landschaft. In der Ferne, eingebettet zwischen den Bergen, sahen sie ein rotes, schuppiges Ungeheuer - einen riesigen Drachen, der träge in der Sonne lag.

„Ein Drache?", flüsterte Johann ungläubig.

„Ja, aber kein gewöhnlicher", erklärte Lila. „Das ist der eisige Drache. Er bewacht etwas sehr Wertvolles."

Bevor Johann fragen konnte, was der Drache bewachte, kam ein eleganter Mann mit ernsten, tiefen Augen auf sie zu. Er war in goldene Münzen gehüllt, die glänzten und funkelten.

„Wer seid ihr und was wollt ihr hier?", fragte der Mann misstrauisch.

„Mein Name ist Johann und das ist Lila", antwortete Johann. „Wir sind auf einer Reise und suchen nach Antworten."

Der Mann musterte sie. „Ich bin Aurelius, der Hüter des Drachenschatzes. Und ihr habt Recht damit, dass dieser Drache etwas Wertvolles bewacht."

Lila schaute ihn neugierig an. „Was bewacht er?"

Aurelius zögerte. „Ein Geheimnis, das die Macht hat, die Welt zu verändern. Aber es ist zu gefährlich für Unbekannte."

Plötzlich erhob sich der Drache und starrte die Gruppe mit seinen leuchtend roten Augen an. Ein tiefes Grollen entwich seiner Kehle.

„Er hat eure Anwesenheit bemerkt", sagte Aurelius besorgt. „Wir müssen schnell handeln."

„Was können wir tun?", fragte Johann.

„Es gibt eine Legende", begann Aurelius, „dass eine mystische Zauberin im Herzen des Waldes lebt. Sie ist die Einzige, die den Drachen beruhigen kann."

Lila erinnerte sich an das Bild einer jungen Frau mit lila Haaren und einem Zauberstab in ihrer Hand. „Ich glaube, ich kenne sie", sagte sie. „Es könnte Seraphina sein."

Aurelius nickte. „Ja, das ist ihr Name. Ihr müsst sie finden und um Hilfe bitten."

Ohne Zeit zu verlieren, machten sich Johann und Lila auf den Weg zum Herzen des Waldes. Nach einer langen Reise kamen sie schließlich zu einer Lichtung. Ein sanftes, lila Leuchten erhellte die Dunkelheit. In der Mitte stand Seraphina, umgeben von einem magischen Schutzkreis.

„Seraphina", rief Lila, „wir brauchen deine Hilfe. Der eisige Drache ist erwacht und bedroht uns alle."

Seraphina schaute sie nachdenklich an. „Ich kenne den Drachen. Er wird nur dann ruhig, wenn ihm das Goldene Amulett gezeigt wird."

„Das Goldene Amulett?", fragte Johann.

Seraphina nickte. „Ja, es ist ein mächtiges Artefakt, das tief in den Höhlen unter den Bergen verborgen ist. Es ist der Schlüssel zur Kontrolle des Drachens."

Johann und Lila wussten, was zu tun war. Sie bedankten sich bei Seraphina und machten sich auf den Weg zu den Höhlen.

Nach stundenlangem Klettern und Erkunden fanden sie schließlich das Goldene Amulett. Es war wunderschön, mit seltsamen Symbolen darauf, die in einem goldenen Licht glänzten.

Als sie mit dem Amulett zum Drachen zurückkehrten, hob Johann es hoch und zeigte es dem Ungeheuer. Der Drache beruhigte sich sofort und legte sich schlafen.

„Es hat funktioniert!", rief Lila erleichtert aus.

Aurelius trat auf sie zu und nickte anerkennend. „Ihr habt uns alle gerettet. Als Zeichen meiner Dankbarkeit möchte ich euch ein Geschenk machen."

Er gab Johann einen Beutel voller Goldmünzen. „Das ist für euch", sagte er.

Johann und Lila bedankten sich und setzten ihre Reise fort, wissend, dass sie wieder einmal die Welt gerettet hatten.

Anerkennend - appreciatively

Aurelius - Aurelius (a proper name)

Beruhigen - to calm, to soothe

Drachenschatzes - dragon's treasure

Erhellte - illuminated

Erkunden - to explore

Erwacht - awakened

Gletscher - glacier

Grollen - rumble, growl

Kehle - throat

Lila - purple (also the name "Lila")

Mystische - mystical

Schutzkreis - protective circle

Seraphina - Seraphina (a proper name)

Tundra - tundra

Ungläubig - incredulously

Wertvolles - valuable (thing)

Zauberin - sorceress, magician

Zauberstab - magic wand

15. Das Tor zur anderen Dimension

Johann und Lila kamen in eine gigantische Stadt, die in einem goldenen Licht schimmerte. Die Gebäude schienen endlos in den Himmel zu wachsen und überall waren futuristische Maschinen und fliegende Autos zu sehen. Doch am beeindruckendsten war die riesige goldene Figur, die in der Mitte der Stadt stand. Sie hatte leuchtende Augen und blickte auf die Stadt herab.

„Wo sind wir?", fragte Johann verwirrt.

„Es sieht so aus, als wären wir nicht mehr auf unserer Erde", antwortete Lila.

Bevor sie weiter nachdenken konnten, wurden sie von einem riesigen Wesen, das wie eine Mischung aus einem Elefanten und einem Tintenfisch aussah, in die Luft gehoben. Das Wesen setzte sie vor der goldenen Figur ab.

Ein Mann mit feurigen roten Augen und flammenden Haaren trat hervor. „Ich bin Pyros", sagte er. „Der Wächter dieses Reiches. Warum seid ihr hier?"

Johann ergriff das Wort. „Wir sind auf einer Reise und suchen nach Antworten. Wir wissen nicht, wie wir hierher gekommen sind."

Pyros lachte. „Ihr seid durch das Tor zwischen den Welten gereist. Dies ist die Dimension von Elyria, ein Ort jenseits eurer Vorstellungskraft."

Lila schaute sich um. „Es ist wunderschön hier. Aber warum hat uns das Wesen hierher gebracht?"

„Das war Atheon", erklärte Pyros. „Er hat gespürt, dass ihr anders seid. Dass ihr aus einer anderen Welt kommt."

Johann fühlte sich unwohl. „Wie kommen wir zurück?"

Pyros lächelte. „Das ist nicht so einfach. Um durch das Tor zurückzukehren, müsst ihr drei Prüfungen bestehen."

„Was für Prüfungen?", fragte Lila.

„Die erste ist die Prüfung des Geistes, die zweite die Prüfung des Herzens und die dritte die Prüfung des Willens", erklärte Pyros.

Johann und Lila sahen sich an. Sie hatten keine Wahl. Sie mussten die Prüfungen bestehen, um nach Hause zurückzukehren.

Die erste Prüfung führte sie in einen Labyrinth aus Spiegeln. Überall sahen sie ihr eigenes Spiegelbild, das sie auslachte und verspottete. Doch Johann und Lila ließen sich nicht beirren. Sie fanden den Ausgang und bestanden die Prüfung des Geistes.

Die zweite Prüfung war noch schwieriger. Sie wurden in eine dunkle Höhle geführt, in der ihre schlimmsten Ängste zum Leben erwachten. Doch sie hielten zusammen und fanden auch hier den Ausgang. Sie hatten die Prüfung des Herzens bestanden.

Die dritte und letzte Prüfung war die gefährlichste von allen. Sie wurden in eine Arena geführt, in der sie gegen Pyros selbst kämpfen mussten. Der feurige Mann griff sie mit flammenden Schwertern an, doch Johann und Lila wehrten sich tapfer. Schließlich gelang es ihnen, Pyros zu besiegen.

Erschöpft, aber glücklich, standen sie vor dem Tor zwischen den Welten. Pyros, der nun wieder freundlich war, lächelte sie an. „Ihr habt es geschafft", sagte er. „Ihr könnt jetzt zurückkehren."

Johann und Lila traten durch das Tor und fanden sich wieder in ihrer Welt wieder. Sie waren froh, wieder zu Hause zu sein, doch sie würden das Abenteuer in Elyria nie vergessen.

Arena - arena

Atheon - Atheon (a proper name)

Dimension - dimension

Elyria - Elyria (a proper name)

Feurigen - fiery

Flammenden - flaming

Futuristische - futuristic

Gigantische - gigantic

Höhle - cave

Labyrinth - labyrinth, maze

Pyros - Pyros (a proper name)

Reiches - realm, kingdom

Schimmerte - shimmered

Tintenfisch - squid, octopus

Tor - gate, portal

Verwirrt - confused

Vorstellungskraft - imagination

Wächter - guardian, keeper

16. Zwischen Feuer und Schatten

Johann und Lila standen am Rand eines schroffen Abgrunds. Unter ihnen erstreckte sich die alte, vergessene Stadt, die von einer mysteriösen Aura umgeben war. Hoch aufragende Säulen und Türme reichten bis zu den Wolken, und dazwischen schimmerte das Flammenherz, das die Dunkelheit durchbrach.

„Sieht so aus, als ob wir endlich unser Ziel erreicht haben", bemerkte Johann, während er das leuchtende Flammenherz in der Ferne betrachtete.

Lila nickte. „Aber es wird nicht einfach sein, dorthin zu gelangen. Siehst du die Schattenwesen? Sie bewachen die Stadt."

In der Tat wimmelte es in den Gassen der Stadt von Schattenwesen. Diese Kreaturen schienen das Licht zu meiden und huschten durch die Dunkelheit, immer auf der Suche nach Eindringlingen.

„Wir müssen vorsichtig sein", warnte Lila. „Diese Wesen sind gefährlich."

Während sie sprachen, näherte sich eine Gestalt – es war Lysandra, die junge Frau mit den violetten Augen. „Ihr sucht auch das Flammenherz?", fragte sie.

Johann und Lila tauschten einen Blick. „Ja", antwortete Johann schließlich. „Wir hoffen, es kann uns helfen, unsere Heimat zu retten."

Lysandra nickte. „Ich auch. Vielleicht könnten wir zusammenarbeiten?"

Die drei vereinbarten, gemeinsam in die Stadt hinabzusteigen und das Flammenherz zu suchen. Doch die Schattenwesen waren nicht ihre einzige Herausforderung. Die Stadt war ein Labyrinth aus verwinkelten Gassen, verborgenen Fallen und uralten Rätseln.

Während sie sich durch die Straßen bewegten, sprach Lila flüsternd ein altes Lied in deutscher Sprache:

„Durch Schatten und Licht, suchen wir das Gesicht, das Herz aus Feuer, unser größter Begleiter."

Johann lächelte. „Ein altes Lied aus unserer Heimat", sagte er zu Lysandra. „Es gibt uns Hoffnung."

Lysandra nickte. „Hoffnung ist das, was wir jetzt am meisten brauchen."

Als sie weitergingen, wurden sie sich der enormen Aufgabe bewusst, die vor ihnen lag. Doch zusammen, mit Entschlossenheit und Mut, waren sie bereit, sich jedem Hindernis zu stellen, um das Flammenherz zu finden und ihre Welt zu retten.

Abgrunds - abyss, chasm

Begleiter - companion

Dunkelheit - darkness

Eindringlingen - intruders

Enormen - enormous

Entschlossenheit - determination

Gestalt - figure, shape

Gesicht - face

Hindernis - obstacle

Labyrinth - labyrinth, maze

Lysandra - Lysandra (a proper name)

Mysteriösen - mysterious

Rätseln - riddles, puzzles

Schroffen - rugged, craggy

Schattenwesen - shadow beings

Verborgenen - hidden

Verwinkelten - winding, twisted

Wimmelte - teemed, swarmed

17. Rückkehr ins Licht

Johann, Lila und Lysandra fanden sich in einem geheimnisvollen Wald wieder. Die Bäume waren in dichten Nebel gehüllt, und das einzige Licht kam von mysteriösen Kreaturen, die durch den Wald schwebten. Eine der Kreaturen trat hervor, sie hatte glänzende goldene Haut und violette Augen.

„Willkommen in meinem Reich", sagte sie. „Ich bin Aurelia, Hüterin dieses Waldes."

„Wir suchen einen Weg zurück nach Hause", antwortete Johann. „Kannst du uns helfen?"

Aurelia blickte ihn nachdenklich an. „Dein Weg ist nicht einfach, aber ich werde dir helfen. Aber zuerst musst du mir einen Gefallen tun."

„Was möchtest du?", fragte Lila misstrauisch.

„Es gibt eine dunkle Macht in diesem Wald", antwortete Aurelia. „Eine Kreatur, die alles Licht verschlingt. Besiege sie, und ich werde dir den Weg nach Hause zeigen."

Die drei Freunde blickten sich an und nickten entschlossen. „Wir werden es tun", sagte Johann.

Sie machten sich auf den Weg, tiefer in den Wald hinein. Nach Stunden des Wanderns trafen sie auf eine Lichtung, in deren Mitte sich eine beängstigende Kreatur befand. Es war eine riesige Frau mit goldenem Körper und flammenden Augen. Sie schwebte über dem Boden und war von einer Aura dunkler Energie umgeben.

„Ich bin Seraphine", sagte die Kreatur mit einer eiskalten Stimme. „Warum seid ihr hier?"

„Wir sind hier, um dich zu besiegen", antwortete Johann mutig.

Ein Kampf entbrannte. Lila und Lysandra zauberten mächtige Zauber, während Johann mit seinem Schwert gegen Seraphine kämpfte. Die Kreatur war stark, aber zusammen waren die drei Freunde stärker. Schließlich gelang es ihnen, Seraphine zu besiegen und die Dunkelheit aus dem Wald zu vertreiben.

Als sie zur Lichtung zurückkehrten, stand Aurelia dort und lächelte. „Ihr habt gut gekämpft", sagte sie. „Wie versprochen werde ich euch den Weg nach Hause zeigen."

Sie streckte ihre Hand aus, und ein Portal öffnete sich, das zu Johanns Heimatdorf führte.

„Danke", sagte Johann, Tränen in den Augen. „Ich werde nie vergessen, was ihr für mich getan habt."

Lila lächelte. „Wir sind Freunde. Das ist, was Freunde tun."

Lysandra nickte zustimmend. „Pass auf dich auf, Johann. Vielleicht treffen wir uns eines Tages wieder."

Johann trat durch das Portal und fand sich in seinem Heimatdorf wieder. Die Sonne schien, und die Vögel zwitscherten. Er war endlich zu Hause.

„Johann!", rief eine vertraute Stimme, und Johann drehte sich um, um seine Mutter zu sehen, die auf ihn zulief.

„Mutter!", rief er und lief in ihre offenen Arme.

„Ich habe mir solche Sorgen gemacht", sagte sie, Tränen in den Augen. „Aber jetzt bist du sicher zu Hause."

Johann lächelte. „Ja, ich bin zu Hause. Und ich werde nie wieder gehen."

Und so endete Johanns Abenteuer, aber die Erinnerungen an die Freunde, die er unterwegs getroffen hatte, und die Lektionen, die er gelernt hatte, würden für immer bei ihm bleiben.

Beängstigende - frightening, scary

Besiege - defeat

Entbrannte - ignited, flared up

Flammenden - flaming, blazing

Geheimnisvollen - mysterious

Gehüllt - wrapped, enveloped

Heimatdorf - home village

Lichtung - clearing, glade

Mächtige - powerful

Portal - portal, gateway

Schwebten - hovered, floated

Vertraute - familiar

Verschlingt - devours, consumes

Zauberten - conjured, cast spells

Zwitscherten - chirped, tweeted